Muertos de amor

Alfaguara es un sello editorial del Grupo Santillana
www. alfaguara.com

Argentina
Avda. Leandro N. Alem, 720
C 1001 AAP Buenos Aires
Tel. (54 114) 119 50 00
Fax (54 114) 912 74 40

Bolivia
Avda. Arce, 2333
La Paz
Tel. (591 2) 44 11 22
Fax (591 2) 44 22 08

Chile
Dr. Aníbal Ariztía, 1444
Providencia
Santiago de Chile
Tel. (56 2) 384 30 00
Fax (56 2) 384 30 60

Colombia
Calle 80, 10-23
Bogotá
Tel. (57 1) 635 12 00
Fax (57 1) 236 93 82

Costa Rica
La Uruca
Del Edificio de Aviación Civil 200 m al Oeste
San José de Costa Rica
Tel. (506) 220 42 42 y 220 47 70
Fax (506) 220 13 20

Ecuador
Avda. Eloy Alfaro, 33-3470 y Avda. 6 de
Diciembre
Quito
Tel. (593 2) 244 66 56 y 244 21 54
Fax (593 2) 244 87 91

El Salvador
Siemens, 51
Zona Industrial Santa Elena
Antiguo Cuscatlan - La Libertad
Tel. (503) 2 505 89 y 2 289 89 20
Fax (503) 2 278 60 66

España
Torrelaguna, 60
28043 Madrid
Tel. (34 91) 744 90 60
Fax (34 91) 744 92 24

Estados Unidos
2105 N.W. 86th Avenue
Doral, F.L. 33122
Tel. (1 305) 591 95 22 y 591 22 32
Fax (1 305) 591 91 45

Guatemala
7ª Avda. 11-11
Zona 9
Guatemala C.A.
Tel. (502) 24 29 43 00
Fax (502) 24 29 43 43

Honduras
Colonia Tepeyac Contigua a Banco Cuscatlan
Boulevard Juan Pablo, frente al Templo
Adventista 7° Día, Casa 1626
Tegucigalpa
Tel. (504) 239 98 84

México
Avda. Universidad, 767
Colonia del Valle
03100 México D.F.
Tel. (52 5) 554 20 75 30
Fax (52 5) 556 01 10 67

Panamá
Avda. Juan Pablo II, n°15. Apartado Postal
863199, zona 7. Urbanización Industrial
La Locería - Ciudad de Panamá
Tel. (507) 260 09 45

Paraguay
Avda. Venezuela, 276,
entre Mariscal López y España
Asunción
Tel./fax (595 21) 213 294 y 214 983

Perú
Avda. Primavera 2160
Surco
Lima 33
Tel. (51 1) 313 4000
Fax. (51 1) 313 4001

Puerto Rico
Avda. Roosevelt, 1506
Guaynabo 00968
Puerto Rico
Tel. (1 787) 781 98 00
Fax (1 787) 782 61 49

República Dominicana
Juan Sánchez Ramírez, 9
Gazcue
Santo Domingo R.D.
Tel. (1809) 682 13 82 y 221 08 70
Fax (1809) 689 10 22

Uruguay
Constitución, 1889
11800 Montevideo
Tel. (598 2) 402 73 42 y 402 72 71
Fax (598 2) 401 51 86

Venezuela
Avda. Rómulo Gallegos
Edificio Zulia, 1° - Sector Monte Cristo
Boleita Norte
Caracas
Tel. (58 212) 235 30 33
Fax (58 212) 239 10 51

Muertos de amor

Jorge Lanata

© Jorge Lanata, 2007
lanata@gmail.com
c/o Guillermo Schavelzon & Asociados, Agencia Literaria
info@schavelzon.com
© De esta edición:
Aguilar, Altea, Taurus, Alfaguara, S.A. de Ediciones, 2007
Av. Leandro N. Alem 720, (1001) Ciudad de Buenos Aires
www.alfaguara.com.ar

ISBN: 978-987-04-0653-2

Hecho el depósito que indica la ley 11.723
Impreso en Uruguay. *Printed in Uruguay.*
Primera edición: abril de 2007

Diseño: Proyecto de Enric Satué
Diseño de cubierta: Raquel Cané y Pablo Rey

Lanata, Jorge
    Muertos de amor - 1ª ed. - Buenos Aires : Aguilar, Altea, Taurus,
Alfaguara, 2007.
    152 p. ; 24x15 cm.

    ISBN 978-987-04-0653-2

    1. Narrativa Argentina. I. Título
    CDD A863

A Margarita Perata y Martín Caparrós
y a Sarah Stewart Brown, siempre

Índice

Uno

Abajo aquí sus huesos sus fusiles
Ese atadito de hombre
No sé la tierra cómo hace que se aguanta
Los que avanzan sobre ella son las mejores noticias
Que nos llegan de ustedes
Delen, muertos de amor
Sostengan que nacemos.

Alberto Szpunberg, *Egepé*

¿Realmente quieren saber lo que pasó? ¿A quién podría importarle lo que pasó? Hay algo dandy en las historias de perdedores; en estos tiempos en los que el éxito es una obligación moral, las historias de perdedores guardan la nobleza de las cosas usadas. Cuarenta años alcanzan para que hasta nosotros lo hayamos olvidado: las fechas se humedecen, y los detalles adquieren una importancia inusitada. Recuerdo que había ruido. Ruido todo el tiempo. Había tanto ruido... Cualquiera diría que la selva es un sitio silencioso: nada más equivocado, hay miles de pájaros, y grillos, y hojas, y bandadas que se levantan de pronto, como si salieran de una pesadilla, y oscurecen el cielo. Hasta las gotas de agua hacen ruido. El otro ruido insoportable es el de la respiración: a veces parecía poder escucharse a varios metros, la respiración, la saliva y los engranajes del cuello agarrotados. La Naturaleza no fue hecha para los hombres: lo único que se puede hacer en la selva es caminar. Caminar. Y esperar. Caminábamos por los pliegues de un útero asombroso y diverso, que nos protegía y asfixiaba con su calor. ¿Qué parte de toda esta historia es la que quieren saber? ¿La del Comandante, la de los muertos, la de las torturas o la prisión? Los momentos que ahora me-

jor recuerdo son aquellos en los que no pasaba nada: recuerdo la espera. Cierro los ojos y estoy ahí,
esperando, las gotas de sudor que buscan los sur-
cos de la frente, el tiempo pastoso, el aire de es-
ponja imposible de respirar. Estábamos ahí, esperando que la Historia nos tomara de la mano y
nos llevara al Destino. Lo que tenía que pasar, pa-
saría. Podíamos dudar de todo, de todos, hasta de
nosotros mismos, pero algo era seguro: una mañana (siempre, en mis sueños, era una mañana)
empezaríamos el viaje sin retorno a la Libertad.
Por eso el patíbulo, o la muerte, o la puta angustia eran incidentes menores. Habíamos sido elegi-
dos por la Gloria, o el Pueblo, o las Buenas Intenciones. Por qué mierda me cuesta tanto ahora
decir la palabra: Revolución, si era eso lo que íbamos a hacer, una Revolución, la Revolución, revolucionar, revolucionarios, eso éramos, hombres de la Revolución. Tal vez sea eso lo que
quieran: que les hable de la Revolución que no
pudimos hacer.

Pocho, Juan, El Primer Trabajador, Juan Domingo, El Jefe, El Macho, El General, El Hombre, Perónperón, Jorge nunca llamaba a Perón del mismo modo. A la Argentina sí: siempre le decía la Patria, nuestra Patria. Jorge era Segundo, pero en aquellos años todavía no se llamaba así. En aquel tiempo ni soñaba con ser Segundo, y su primer *nomme de guerre* fue, por cierto, un poco cursi: Jorge Amor.

"Solo en la ruta de mi destino", cantaba Jorge Amor en el Club El Alba, de Avellaneda, "sin el amparo de tu mirar/ soy como un ave que en el camino/ rompió las cuerdas de su cantar". Su padre era inspector municipal y su madre se llamaba María Esclavitud. Jorge, sus padres, sus dos hermanos, la abuela, dos tíos y una tía abuela con su marido e hijos vivían en una casona de Levalle 450, en Avellaneda. Jorge creía en Dios, aunque tal vez Dios no creyera en él: Jorge vio hacerse añicos el gran sueño de su vida, ser arquero de Racing.

—Acá no hay nada, ¿qué carajo buscás? —le preguntó Edgardo, su hermano, que se apoyaba en la hilera de cajones de la cocina.

—Nada, dejá... ¡En esta casa nunca se encuentra nada! —respondió Jorge, con desdén, saliendo hacia el patio.

—Tenés demasiado tango en la cabeza, hermanito... Te están haciendo mal... Jorge Amorrrr…

Jorge volvió del patio con un atado de diarios viejos y amagó tirarlos sobre la cabeza de su hermano.

—Tengo que hacer algo… —empezó a explicar mientras envolvía unos pliegos formando un tubo.

—Dejá, dejá, no es para tanto… —le dijo Edgardo, quien saltó de la silla con una mano protegiéndose el trasero.

—Sos boludo, ¿eh?

—¿Y qué hacés?

—Vení, vení...

Jorge lo llevó hasta el balcón:

—Tené, dame una mano —le dijo alcanzándole uno de los tubos de papel. Después buscó fósforos en su bolsillo y le prendió fuego a uno de los extremos: era una antorcha. Edgardo la balanceó para que el viento no la apagara y fue entonces cuando vio, a pocos metros de la casa, sobre Mitre, las columnas que caminaban hacia el Centro, lentas y grises como los elefantes.

—Lo van a liberar a Perón, hermano —le dijo Jorge, al tiempo que le arrancaba la antorcha para enarbolarla a modo de saludo.

—¡Viva Perón, carajo! —gritó a la turba silenciosa.

—¡Viva Perón! —se escuchó de aquel lado, como una contraseña obligada.

Perón, Pocho, Juan, El Primer Trabajador, Juan Domingo, El Jefe, El Macho...
—Macho, ¿qué macho? ¡Entregador hijo de puta, eso es! —gritó Jorge, dando un puñetazo contra la mesa.
Todos miraron hacia abajo, hasta que el silencio pudo despejarse.
—¿Qué le dijo la señora de von der Becke a la tía China, eh, qué le dijo? —preguntó Jorge, que sabía la respuesta de memoria.
Reinaldo recitó:
—Que sería humillante declarar la guerra a última hora y bajo presión norteamericana.
—Hu-mi-llan-te, ¿escuchás? ¡Humillante! Ése sí que tiene huevos, ¿ves? —acotó Jorge—. Y mirá que yo no me los banco mucho a los marinos, pero Teissaire ¿qué dijo? Que había que esperar, le quiso dar las largas. Hasta Teissaire.
El General se había bajado los pantalones con Rockefeller: Argentina, bajo presión, le declaraba al guerra al Eje. Hasta el General se había vendido.
Su paso por la Alianza Libertadora Nacionalista, germanófila en el mejor de los casos, nazi en la mayoría de su dirigencia, también fue breve y conflictivo: Jorge era católico, y nacionalista, y salió a cazar jóvenes comunistas por las calles del Centro pero no soportó el proyecto an-

tisemita de Guillermo Patricio Kelly. El mundo era entonces una eterna confusión: de haber sido químico, habría inventado una fórmula para que las ideas no se degradaran. Las personas ensucian las ideas. La vida —pensó Jorge alguna vez— es demasiado dinámica para ser perfecta, no persevera en su perfección, cambia otra, y otra vez, para alterarse siempre. Del futuro sólo podía esperarse la traición. Jorge empezó a escribir alrededor de los veinte años: la imaginación y la muerte eran los únicos terrenos inalterables. Nada podría corromperlos. La eternidad es perfecta, aunque esté compuesta de una infinita sucesión de instantes que se degradan.

"Nace la aurora resplandeciente
Clara mañana, bello rosal
Brilla la estrella, canta la fuente
Ríe la vida, porque tú estás..."

Jorge Amor cantó desde entonces para sí mismo: dejó el colegio, comenzó a escribir y se transformó en periodista, mientras su yo nocturno se desvelaba en la escritura de extensos cuentos tristes. Uno de ellos se llamaba *Eternidad* y era la historia de un alma atormentada que, deseosa de abandonar su cuerpo, lleva a su dueño al suicidio.

"Creí que todo sería distinto —escribió—, que todo acabaría después del estampido. Que mis ojos dejarían de ver y mis oídos de oír y mi pecho de subir y bajar, subir y bajar. Y que este corazón mío ya no sentiría frío ni estaría oprimido."

Jorge escribió otros cuentos en los que la Muerte se quedaba con la última palabra (y llegó a publicar algunos en el célebre rotograbado literario de *La Prensa*) y también una primera y única obra de teatro: *La noche se prolonga*, la historia de un peón rural traicionado por Perón, por el sindicalismo y por la Libertadora. ¿Y ahora qué hago? —se pregunta en voz alta el cabecita, cuando ya nada le queda y su mujer, embarazada, muere en una golpiza policial—. ¿Y ahora para dónde agarro?

Jorge tenía entonces veintinueve años, esposa, trabajo algo inestable y una modesta casa en Adrogué, "una vidita", como él mismo se encargaba de decir, una vidita encantadora que cada tanto le oprimía el pecho, sin saber por qué. Muchas veces él mismo se había encontrado preguntándose para dónde agarrar. La cuarta, quinta, sexta vez que volvió a entrar en Radio El Mundo para preguntar por su proyecto lo hizo automáticamente, con la certeza de quien va a ser rechazado.

—El viaje a Cuba, ¿no? —le preguntó el empleado de administración.

Jorge sonrió amable, sin pronunciar palabra. El viejo ya sabía de memoria el asunto.

—Y necesitaba… —dijo el viejo revolviendo unas planillas—. Sesenta mil pesos, ¿no? Sesenta mil pesos…

—¿Tuvo alguna novedad? —le preguntó Jorge, molesto.

—Pase a buscar la plata el lunes, y por ahora fírmeme acá y acá.

Jorge estaba a punto de irse, y tuvo que volver sobre sus pasos. Que sí. Le habían dicho que sí. Sesenta mil pesos era una pequeña fortuna. La radio se la estaba dando para que viajara a Cuba, a entrevistar a la guerrilla que tenía cercado a Batista.

La selva de los Yungas tiene alrededor de 15.000 kilómetros cuadrados y más del 60 por ciento de las aves de la Argentina: 583 especies. Sobreviven en los Yungas algunos ejemplares de jaguares y tigrinas en vías de extinción, caimanes, iguanas, boas arco iris y víboras de cascabel. Estas selvas tienen entre 250 y 350 árboles de 20 a 30 metros de altura por hectárea: laurel, palo barroso o cedros, a los que se agregan dos o tres estratos de otras especies de árboles más bajos; el último estrato lo forman arbustos de unos dos metros de altura y un helecho que a veces cubre completamente el suelo. El analfabetismo en algunos pueblos de los Yungas llega al 47 por ciento, con una mortalidad infantil de 7,5 por ciento y seis de cada 10 chicos en algún estadío de desnutrición.

Me miran como si les hablara en inglés. En inglés no, me miran como si les hablara en sánscrito. ¿Me miran? Sí, cuando les hablo me miran. Después no, miran para abajo. Yanquis guaros oligarcas hijos del mil putas que les bajaron la cabeza, miran siempre para abajo. Abajo no hay una mierda, no sé qué miran. Hay arena abajo. Mi-

ran y se van hundiendo. Les digo que se están hundiendo. Les aviso que se están hundiendo. Les grito indio de mierda te estás hundiendo y miran para abajo igual. Levantá la cabeza. Levantá. Y levantan la cabeza igual que el Gringo después de la paliza del Torito, no están mirando, no están acá. Mis pies se hunden también en la arena, y uno duele. Duele como la concha de la madre puta. No se siente la bala fría, se siente frío en el pecho acá, debe haber una vena que va derecho del pecho al pie y me tira como si fuera una tanza. Antes de que saliera el sol, el pie paró de sangrar, o yo paré de tener pie, porque no lo siento, siento la arena alrededor, hundiéndolo. Eso entienden estos hijos de mil puta. La sangre entienden. Sangre respetan. Sangre de los demás o sangre de ellos. Señora, doña, no, así no que duele. Y la vieja se ríe y sigue limpiándome. Un trapito, trapito, dice. Trapito. Trapito acá, en el hueco del corazón, del pie. Trapito, poné. Fuerte tenelo. Tenelo fuerte, así. Apretá. Tapón para que la sangre no corra, trapo limpito con olor a lavandina. La vieja se ríe divertida, como si se acordara de un chiste viejo. Tanta sangre vieja vio. Mira el trapito y no me mira más. Mira nada y se pasa las manos por la falda que nunca se cambió, la falda tiene manchas de aceite que parecen países en un mapa, costras, dura está, dura de la mugre y la sangre que tiene. Se ríe la vieja, se ríe, el trapito apretá, y desaparece.

—¿Sabe por qué los campesinos se dieron cuenta de que pasaba algo raro con estos tipos? Porque eran rubios. Por ahí nunca andan los rubios. Si vos sos rubio y andás por ahí, o sos patrón o sos raro. Y patrones no eran.

Dijo Héctor, cuarenta años después:
—¿Qué llevó a cada uno a unirse a la guerrilla? No sé, a mí personalmente me impactaron mucho algunas cosas de la Segunda Guerra Mundial. No solamente la masacre espantosa, sino particularmente los campos de concentración, la matanza de judíos y las bombas de Hiroshima y Nagasaki. En aquellos años resultaba increíble que en un minuto murieran más de doscientas mil personas. No se había hablado nunca de esa bomba, no se sabía que pudiera existir un artefacto tan infernal. Y por eso fue como un despertar violento, que atropellaba cualquier esquema que pudiera tener una persona en la cabeza. Por otro lado, yo venía de una familia unida —éramos cinco hermanos— y en mi casa por ahí no había zapatos pero siempre había libros; y también había conocido a un viejo interesantísimo, yo lo llamo mi abuelo postizo, porque me enseñó muchas cosas: que había llegado en un barco a los dieciséis años, solo, que en la época del peronismo venía a mi casa a escuchar las informaciones de Radio Porteña, que transmitía los precios del mercado de Liniers, y debajo de los huevos que vendía llevaba *Nuestra Palabra*, el diario del Partido Comu-

nista. Y bueno, él me adoptó de algún modo, yo no era antiperonista, ni tampoco peronista, tiraba más bien para el anarquismo, leía a Bakunin, Kropotkin, porque la biblioteca del club del barrio tenía esos libros. De todas maneras en el golpe del 55 yo me definía como "perocomunista", y me interesaba saber qué pasaba en Rusia, tiraban un discurso que parecía el que uno quería… Y luego fue la militancia en el Movimiento por la Paz, la Juventud Comunista, y todo ese proceso que parecía abrumador, la revolución cubana, la liberación de Argelia, etc., como si realmente el mundo fuera para ese lado. Incluso miraba el mapa y me decía "pucha, voy a pintar de rojo los países que ya están" y claro, la mancha roja se había extendido un montón… Bueno, eso me preparó a mí personalmente para ir… Y luego la militancia en el PC, donde lo que más me golpeaba era el esquematismo, la ausencia de discusión, parecía que la diferencia era un desacato a la autoridad. Y por otro lado algunas cosas que salieron en *Nuestra Palabra* realmente lamentables: hablar de manifestaciones de masas en el Día de la Paz en Córdoba en aquellos años, 62, 63… cuando éramos cinco los que estábamos en el acto… a mí me parecía una cosa que no tenía sentido. Tal vez porque pensaba que la política era una cosa que había que hacerla de cara a la gente, no había que mentirle. ¿Cómo les vamos a mentir? Es lo mismo que torturar en nombre del socialismo, me parece ridículo. Bueno, entonces comenzamos a juntar dinero, a comprar armas y a planificar algunas cosas. La idea nuestra era rural, y había un

muchacho que tenía un Willy de la segunda guerra. Pensábamos que lo primero que había que
hacer era ir al norte, al eslabón mas débil del desarrollo social y económico del país. Así que empezamos a preparar el viaje, a preparar el Willy y
de pronto llega Ciro Bustos que nos pregunta si
alguno iba a subir: era para mañana, para el día
siguiente. Y nos contó que había gente entrena-
da, que estaba todo preparado, había armamentos, comunicaciones y que ellos estaban reclutan-
do gente y que iban a ir un poco más al norte de
lo que habíamos decidido nosotros.

"…e interrogado al tenor del art 241 inc. 1
de Cod. de Proc. Criminales manifestó llamarse… ¿Manifestó llamarse?
"—Augusto Fanor Tibiletti.
"—Augusto Fanor Tibiletti, hijo de Enrique
Tibiletti, argentino, de 26 años de edad, soltero,
apodado Negro, de profesión maquinista en la Marina Mercante, más conocido por El Correntino en
los hechos que se investigan, aclarando que este
apodo le fue dado por los miembros en el campamento de guerrilleros. Preguntado para que expli-
que su actuación desde el mes de junio de 1963
hasta la fecha, dijo: que en agosto fueron a verlo a
su casa de Corrientes, Gustavo Alberto Paz, para
que formara parte de un ejército del pueblo para
defender los derechos del país, aclara que a Paz lo
conocía desde hacía varios años, en la ciudad de Resistencia, que Paz hizo alusión en su conversación

a la situación política del país, de las elecciones y de la miseria del pueblo, y que no le hizo ninguna mención acerca de la ideología de ese movimiento; que ante las razones expresadas que le dio Paz y que el propio declarante en sus andanzas pudo constatar la existencia de gente que vivía en la miseria, aceptó integrar dicho ejército por creer que haría una solución para el bien de todos, que Paz convino en hacerle saber en qué oportunidad se uniría a ellos, recibiendo un telegrama de éste el 14 de agosto aproximadamente en el que le daba una dirección en Córdoba en el Cerro Las Rosas, que llegó a Córdoba en el Cinta de Plata y allí lo recibió una persona que dijo apodarse El Pelao y que en Buenos Aires supo que era de nombre Leonardo, sin conocer su apellido, que era un hombre de estatura mediana, pelo negro semicalvo, quien le recibió el telegrama de que era portador el declarante sin devolvérselo y le indicó que buscara un hotel, y el declarante fue al hotel Mitre en calle Entre Ríos, que asimismo se vio en distintos lugares con tal persona, que le dio alrededor de cuatro mil pesos para pagar su alojamiento, que estuvo alojado en el hotel alrededor de trece días y que durante ese lapso se vio siete veces con esa persona, siempre en lugares públicos preestablecidos; que en dichas entrevistas el llamado Pelao le decía al declarante que tuviera paciencia pues era una cosa delicada y que no tenía todavía órdenes para que el declarante viajara, pero que hasta entonces no le habían dicho cuál era el lugar de su destino; que en una oportunidad le dijo que había llegado el momento y que debía viajar en tren hasta Orán con El Cordobés, a quien

no conocía y que lo encontraría en un lugar deter-
minado de la estación de ferrocarril, que ante ello
el declarante sacó los boletos para él y para el Cordobés con dinero que le dio el Pelao, y que éste le
había recomendado comprar botas de goma de
buena calidad y no conversar durante el trayecto
sobre temas que no fueran fútbol y otras cosas sin
trascendencia…"

Lugar
Lugar
Mamá
Lugar
Ta-tá
Tatá
Ta-tá
Tatá
Los caminos nunca se abren como las flores
Siempre abren después
Abren caminados
Cuando es tarde para dar la vuelta
Vivo con reacciones lentas
Tardo demasiado en aprender cada cosa
Lu-gar
Tatá
Me dejo llevar
Por lo que no sé
*Los trenes y los barcos se mueven como las me-
cedoras*
Lu-gar
Tatá

Ta-tá
Lugar
Vivo yendo
Con las manos abiertas
Al destino
Tarareo
La canción que nunca escuché
El azar me elige
(Aunque Dios
No juegue a los dados)
¿Qué le pasa al viento cuando se calma?
Es un viaje extraño
En el que lo importante
No es el destino
Sino el viaje mismo
Viajo el viaje
Soy la ruta y me divido sin advertirlo
Voy hacia lo que no empezó
Ahí estoy esperandomé.

Encontrar al Che Guevara en medio de la Sierra Maestra era igual a encontrar la tumba de Jim Morrison en Père-Lachaise: todo el mundo conoce el lugar. En el cementerio del distrito Veinte de París todas las tumbas ajenas dicen "Jimbo", "James" o simplemente "Morrison", y con la ayuda de una flecha tallada en el mármol señalan la dirección correcta. Jorge fue uno de los once pasajeros que desembarcaron el 11 de marzo de 1958 en el aeropuerto de Rancho Boyeros en La Habana, y el único que la policía secreta revisó. Jorge llevaba entre sus papeles una carta muy escueta de Ricardo Rojo al Che; se la había pasado la noche anterior en una mesa del bar La Paz, donde la escribió de apuro: "Querido Chancho —escribió—: el portador es un periodista amigo que quiere realizar un reportaje para la radio El Mundo de Buenos Aires. Te ruego que lo atiendas bien, se lo merece. Firmado: El Francotirador".

—Chancho, ¡porque no se baña nunca el hijoeputa! —explicó Rojo—. El dato y el santo y seña eran lo suficientemente íntimos como para evitar que cayera en una trampa.

Con la ayuda del M-26 Jorge viajó de La Habana a Santiago de Cuba, en el Oriente. La calle y la noche eran peligrosas en Santiago: la guerrilla y los parapoliciales disputaban allí parte de su juego. Jorge durmió en dos o tres "casas operativas" mientras la cita se cancelaba una y otra vez. ¿Lo estaban probando? A cada cita cancelada nuevas charlas con nuevos interlocutores que después no volvían a aparecer. Cuando tuvo que quedarse cuatro días enteros dentro de una de las casas, pensó que el momento estaba cerca. Y así fue. La gente que cruzó camino a la Sierra lo llamaba "el Argentino". Iba a ver al otro argentino, era obvio. Hubo quien le preguntó si Guevara era su hermano, la mejor muestra de que ni la guerra ni la selva pueden detener un chisme. Jorge vio, por primera vez, cadáveres colgados de los árboles.

Eran campesinos, fusilados a metralla por las tropas de Batista. En la salida de los míseros bohíos se apilaban los cuerpos de las mujeres muertas; el ejército daba por descontado que sus esposos estaban con las tropas rebeldes.

Jorge subía por la sierra "montado en mulos cansados y suicidas que cada tres pasos resbalaban cinco", entre cadáveres y heridos, y escopeteros que esperaban emboscar al ejército para robarle los fusiles, y campesinos que les ofrecían ayuda y que rechazaban ofendidos cualquier pago. "Y todos hablaban igual. Y sentían igual, y estaban unánimemente conformes con esa vida sacrificada, sucia y hambreada del rebelde —escribió al volver a Buenos Aires—. ¿Qué misterio se escondía en esa fuerza unánime y pareja que sostenía espíritus tan dispares?"

En un camino, hasta las curvas tienen sentido. Jorge se hizo parte de aquel camino apenas comenzó a andarlo.

"Así que éste es el famoso Che Guevara", se dijo a sí mismo cuando lo tuvo enfrente. El Famoso Che Guevara la pareció un argentino típico de clase media, con su Rolex en la muñeca y algún pasado en el rugby porteño. Pero no hablaba como tal, su tono era un poco menos violento que el de los argentinos, mezclado en el tiempo con una tonada mexicana, o caribeña. La barba le crecía desobediente, dejando manchas lampiñas en su cara, y de lejos le pareció una caricatura rejuvenecida de Cantinflas.

—¿Por qué estás acá? —le preguntó.

—Estoy aquí, sencillamente, porque considero que la única forma de liberar a América Latina de dictadores es derribándolos, ayudando a su caída de cualquier forma, y cuanto más directa, mejor.

—¿Y no temés que se pueda calificar tu intervención en los asuntos de una patria que no es la tuya, como una intromisión?

—En primer lugar, yo considero mi patria no solamente a la Argentina, sino a toda América… Además no puedo concebir que se llame intromisión al darme personalmente, al darme entero, al ofrecer mi sangre por una causa que considero justa y popular, al ayudar a un pueblo a librarse de un tirano, que sí admite la intromisión de una potencia extranjera que le ayuda con armas, con aviones, con dinero y con oficiales instructores. Ningún país hasta ahora ha denunciado la intromisión norteamericana en los asuntos cubanos ni ningún diario acusa a los yanquis de ayudar a Batista a masacrar a su pueblo. Pero muchos se ocupan de mí. Yo soy el extranjero entrometido que ayuda a los rebeldes con su carne y su sangre. Los que proporcionan las armas para una guerra interna no son entrometidos. Yo sí.

—¿Y qué hay del comunismo de Fidel Castro?

—Fidel no es comunista; si lo fuese, tendría al menos un poco más de armas. Pero esta revolución es exclusivamente cubana.

A los diez minutos de iniciada la entrevista, Jorge y el Che estaban rodeados por unos veinte o treinta combatientes que los escuchaban en silencio. Al rato un avión militar sobrevoló el sitio a menos de trescientos metros, sin hacer disparos. El Che sugirió terminar la entrevista, pidió que le cambiaran el mulo a Jorge y le indicó a su pequeña comitiva dónde encontrar el campamento central: allí estaba Fidel Castro.

Jorge entrevistó a Fidel (era alto como un espantapájaros, y tenía una afilada y ronca voz de niño), y volvió a Buenos Aires, y escribió su único libro, *Los que luchan y los que lloran*, y la Revolución triunfó y él volvió a La Habana. En aquel primer año supo que los pasillos del Palacio podían ser más intrincados y crueles que los de la Sierra. Participó del grupo fundador de la agencia Prensa Latina y terminó cercado por las autoridades del Partido Comunista cubano. Un día los frenos de su automóvil se descalibraron por arte de magia, aunque la versión oficial aseguró que podía tratarse de un atentado de la contra. Jorge no era comunista y finalmente terminó fuera de la agencia. El Che lo asiló en el Departamento de Propaganda de las Fuerzas Armadas.

El 25 de Mayo de 1962 los trescientos ochenta argentinos que vivían en La Habana se reunieron en un asado con el Che como huésped de honor. También estaba allí John William Cooke, entonces delegado de Perón, y una delegación de técnicos del Partido Comunista Argentino, enfrentado a las teorías revolucionarias de Guevara. En medio de la comida el Che escribió algo en una caja de fósforos y se la pasó a un argentino que estaba sentado a su lado. La caja tenía escrita, en su interior, la palabra "unidad". Fue pasando de mano en mano y todos entendieron el mensaje. Aunque no estaban muy dispuestos a cumplirlo.

Al poco tiempo Ciro Bustos, que había estado a punto de ser expulsado de Cuba por una purga propiciada por el PC Argentino, se contactó con Jorge a pedido del Che. Bustos recibiría en breve una beca del Ministerio de Industrias para estudiar en Checoeslovaquia, eso justificaría su posterior desaparición, y su esposa quedaría en Praga hasta que la guerrilla argentina lograra mantener un territorio liberado. Antes de septiembre el grupo ya estaba formado por cuatro personas: Leonardo, Federico, Miguel y el propio Bustos.

Ocupaban una mansión en el Country Club, una de las tantas que habían quedado vacías, en medio de un barrio desierto, al este de La Habana. Allí comenzaron su instrucción y conocieron a Hermes, quien sería el lugarteniente de Jorge y ya lo había sido del Che. El instructor principal era un general hispano soviético: Angelito, uno de los seis exiliados españoles enviados a Cuba por el Partido Comunista Español.

—Bueno, aquí están —les dijo el Che en su primera visita de madrugada, pasadas las dos—, ustedes aceptaron unirse a esto y ahora tenemos que preparar todo, pero a partir de ahora considérense muertos. Aquí la única certeza es la muerte. Tal vez algunos sobrevivan, pero consideren que a partir de ahora viven de prestado.

Desde entonces Jorge fue el Comandante Segundo.

El Che sería Papá, o Papito, o Martín Fierro.

Cuarto día de la espera en el Hotel Viña del Mar. Espero en el Hotel Viña del Mar. El Hotel Viña del Mar tiene catorce habitaciones chicas e incómodas, pero bastante limpias. Las habitaciones tienen cuadros de paisajes marítimos, tienen sed. Tienen rocas, y playas, y algunas bañistas charlando en la playa ventosa, y buques yéndose lejos. El Hotel Viña del Mar está en Tarija. Tarija está a 1924 metros sobre el nivel del mar, en la frontera sur de Bolivia. Llevo cuatro días en este lugar, esperando a nadie. No. No espero a nadie, espero a alguien que se acercará a mi mesa o tocará a mi cuarto diciendo: "Soy miembro del Colegio Médico". Yo voy a presentarme como Leo. Pero yo no soy Leo, soy Edgardo. Leo nació hace cuatro días, acá, en Tarija, en el Hotel Viña del Mar, cuando el Gordo se fue, me dio un abrazo y me dijo: "Acordate lo del nombre". Y esa noche Leo nació. Mi documento se fue hecho trizas por la rejilla del baño y alguna vez, dentro de otros cien años, como Bolivia, los pedacitos de cartón llegarán a la salida al mar. Edgardo se pasó la tarde increpando a Leo, le dice que para qué me metió en este quilombo, que quiénes son los tipos, que el Gordo tranquilamente me puede cagar o que el del Colegio Médico puede ser un loco rematado.

Leo lo escucha, un poco harto, y busca lo peor: que Edgardo razone, le habla de la pobreza, le pide que mire acá nomás, por la ventana, le pregunta si va quedarse toda la vida cruzado de brazos, lo extorsiona haciéndole sentir que es ésta su única oportunidad en la vida de llegar a algo. Si Edgardo y Leo se llevaran bien, yo podría pasarme el día durmiendo. De una fatalidad estoy seguro: ésta va a ser la última cama en la que dormiré en los próximos meses. "O en los próximos años", me apunta Edgardo, cínico y canchero. "Pero valdrá la pena", tercia Leo. Yo escucho a la cama rechinar un poco, el colchón es una mezcla de resortes y lana sucia, pero es una cama al menos. En un par de horas, como siempre, bajaré solo al restaurant donde volveré a leer la carta de siempre con el mismo interés fingido: arvejada, saise carne picada con ají de la región, chanka de pollo, sábalo, surubí y dorado recién salidos del Pilcomayo.

—Bueno está el pescado, señor. Bueno el pescado. Y chuño o alguna ensaladita si usté gusta, señor.

El mozo evitará, como siempre, mirarme a los ojos. Debe pensar que soy un contrabandista más, o una mula, aunque es lo que menos me preocupa: en Tarija sólo hay mulas, policías o millonarios, y creo que en verdad mulas son todos, sin diferencias de dinero o uniforme. Curioso sitio para empezar una revolución —me dice Edgardo, y le ordeno que se calle de una vez.

"A fs. 288 a 292 ...que llegó al campamento guerrillero cuando se encontraba ubicado en los montes de Río Pescado, donde ya estaban con la barba crecida tipo Fidel Castro el cte Segundo, el capitán Hermes, El Cordobés, El Pelao, Alberto, Pirincho, El Correntino y otro individuo flaco y alto llamado Pupi, que resultaría fusilado. Que Segundo, que llevaba el distintivo del EGP (Ejército Guerrillero del Pueblo) rojo por la sangre de la revolución y negro por el sufrimiento del pueblo era un idealista que pensaba realizar lo que había expresado en sus dos cartas públicas, una publicada en diario 'Compañero', y la otra dirigida al 'compañero campesino'. Que todos vestían uniforme de guerrillero y portaban armas automáticas y cortas. Que en tren de exploración los guerilleros recorrieron la quebrada Anta Muerta hasta El Oculto, el río Santa Cruz hasta Aguas Negras, serranías de La Mesada, río Playa Ancha, río Santa María, Río Colorado, arroyo de La Picada, río Valle Morado y Piedras. Que cuando tenían que entrar en contacto con algunos civiles para adquirir algunos víveres se vestían de civil. Que el grupo guerrillero estaba organizado en Oficiales (Comandante, Capitán, Tenientes) y en guerrilleros combatientes y aspirantes, tomándoles el Comandante el juramento de 'Revolución o Muerte' cuando eran ascendidos a combatientes. Que el EGP tiene un Código Disciplinario y un Programa Guía de Instrucción Militar y Política. Que la intención del cte Segundo era formar en esta zona un grupo de por lo menos 40 guerrilleros bien adiestrados y con depósitos de víveres en la montaña, para iniciar una propaganda armada en la zona de los ingenios. Que el propósito era preparar un estado especial que permitiera incorporar más gente para aumentar la guerrilla y ampliar los objetivos militares hasta lograr los fines del EGP o sea la toma del poder y cambio de las estructuras del país…"

—Lo primero que vamos a hacer…
—Primero hay que darle comida a la gente.
—Bueno, lo segundo.
—¿Qué carajo querés hacer segundo?
—Bueno…
—Después hay que darles educación.
—Sí, pero eso tarda.
—¿Y vos que querés?
—Reeducar a las putas.
—¡Callate, infeliz!
—Sí, ¿no leíste que los chinos reeducan a las putas?
—No les des bola.
—¿Y qué, no son personas?
—Sí, idiota, pero eso no es ninguna prioridad.
—Hay que entrar a todas las comisarías y hacerlos cagar a los buchones.
—Eso.
—La primera semana es de limpieza total. Hay que sacarse de encima a los hijos de puta de un tirón.

—Ah.

—Vos viste lo que se cuenta de la Sierra.

—No.

—Bueno, hicieron eso.

—Ah.

—Los que no limpiás en los primeros días después te complican la vida.

—Y sirve para que los demás no te jodan.

—Claro. ¿Y las putas?

—Así son los rubios, ¿vio? Los patrones, digo. Los rubios. Sí, que andan todo el día haciendo todo por la plata, ni duermen por la plata, la plata, la plata… Y bueno, que siempre se dijo que los patrones de los ingenios, para hacerse más ricos y para tener suerte, y abundancia, hacen un contrato con el Familiar (se persigna) que es el Diablo, ¿sabe? Y sabe Dios que cada año que pasa hay accidentes en la caldera, o en el trapiche, ¿vio? Eso es el Familiar que ya se comió a uno, que se hizo la vítima. Y Dios no lo permita, ¿no? Pero hay otros años que se come a dos, o a tres o a más. Y lo que dice la gente que cuanto más el Familiar se come, mejor le va al patrón. Acá dicen que el Familiar vive en el fondo del galpón aquel, en el cuarto de herramientas… No, yo no, qué voy a ver, ni le paso cerca al galpón. Yo le garanto que vi a varios paisanos meterse adentro, y a algunos que iban nomás a darle la pelea y que iban precavidos: una cruz grande así colgada acá en el pecho, un rosario atado al cuerpo y el puñal en la cintura. Y cuando les sale el Familiar a querer comerlos, le hacen frente y le pelean. Pero le tienen que dar nomás con el facón, si no lo cortan se los come ahicito nomás. Dicen que si se da el caso de que un peón le gane la pelea al Familiar, los patrones le pagan un montón de plata para que se vaya y no lo ande hablando con nadie. Nadie sabe la cara del Familiar, hay gente que dice que es como un perro enorme, o como una víbora negra con ojos de gato, y dicen que a las noches pasa por los cañaverales arrastrando una cadena. Si el patrón vende todo y no le cuenta nada al dueño nuevo, el Familiar se va a buscar comida pa'otros lados.

No hay un verbo que lo exprese: no puedo decir que debo revolucionar, pero eso es lo que debemos hacer, revolucionar. Revolucionar y ya. No tengo tiempo. El hambre no tiene tiempo, la vigilia no lo tiene, la desesperación de los puños crispados tampoco. ¿Por qué no se dan cuenta de que no hay más tiempo? ¿Por qué bostezan? ¿Por qué tardan? ¿Qué esperan para salir ahora, para escupir fuego en la puerta de los ingenios, para quemar la zafra, para volcar los micros sucios y despintados? ¿Por qué no son capaces de expresar el asco que sienten, ese asco antiguo, de mierda refregada contra la ropa? No lo hacen. Creen que vamos a vivir siempre. Comen lo poco que hay, y todavía se ríen, y se cuentan historias de aparecidos en el monte y esperan que la vida cambie. Tampoco esperan que cambie demasiado. Esperan cambiar de pantalón, poder comprar otra camisa, esperan un nuevo delantal, ni siquiera sueñan con un perfume. Alguien les quitó hasta los sueños, o jamás los han tenido. Esperan un par de zapatos nuevos; yo les ofrezco la inmortalidad. No la quieren, no la necesitan, no la entienden.

Acta de allanamiento

(...) se les secuestró la siguiente documentación:
1 Libreta de tapas verdes de 100 hojas.
1 Estatuto del Partido Comunista de la Argentina.
1 Carta escrita a máquina tipo mayúsculas en clave.
2 Libretas *Notes* tapas marrón con cartas y anotaciones.
1 Papel escrito a máquina y manuscrito, titulado "Confesión de Amante".
1 Verso In memoriam a máquina dedicado "a María Gloria".
3 Libros: *El Partido Comunista, El huracán sobre el azúcar, El sentimiento trágico de la existencia.*
1 Revista tapa azul titulada *Pasado y Presente.*
1 Diario del Partido Comunista titulado *Nuestra palabra.*
3 Libros de *Historia del movimiento obrero.*
1 Libro *Mao Tse Tung.*
1 Libro *El pensamiento de Karl Marx.*

1 Libro *Historia del Frente Popular.*

1 Carta con membrete de la Asociación de Viajantes de Comercio de la República Argentina.

1 Libro *León Trotsky: historia de la Revolución Rusa.*

La familia del Che sólo había recibido, el año anterior, algunas pocas cartas. Segundo llegó a verlos con un mensaje grabado de su hijo. En la sobremesa la madre del Che extendió un recorte: era la tapa del *New York Times*, doblada en ocho. Ahí estaba la foto de su hijo, con un fusil y barba rala, ilustrando la entrevista de Herbert Matthews a Fidel y al Che. Otro artículo del mismo diario, en la primavera del 58, se titulaba: "¿Podrá el Che cambiar el destino de América?", firmado por Bob Taber. Fue recién entonces cuando los Guevara comprendieron el fenómeno que se había gestado. "Cuando los amigos nos hablaban de Ernesto —escribió Guevara Lynch—, no nos convencían del todo, porque hablaban de un héroe romántico y bohemio. Según ellos, el Che había sentado las bases para la reforma agraria en la Sierra, construido una fábrica de armas, inventado un fusil lanzagranadas, inaugurado la primera fábrica de pan en las montañas, construido y equipado un hospital, creado la primera escuela e instalado una emisora llamada Radio Rebelde... y aún le quedaba tiempo para fundar un diario pequeño que informaba a las tropas rebeldes."

Cartilla sobre la realidad de la guerra:

El mando debe ser uno y sólido. Los soldados no tienen que violar la disciplina del partido. Vos vas a ser el segundo jefe militar. Ustedes dos, los comisarios. Él es desde ahora el nuevo jefe de operaciones.

Cartilla sobre el mando en la guerra:

Te nombro jefe de servicios. Y a él de finanzas. Vos, abastecimiento y armamentos. El pibe, servicios médicos. Hay que hacer un camino que desemboque en el río.

Cartilla sobre la realidad:

Producto de la falta de adaptación, se producen incidentes vergonzosos.

Cartilla sobre la baja deshonrosa de la guerrilla:

Anoche nos comimos la última ración de frijoles. Hay una pampa pelada a dos horas de camino. Seguimos hasta la noche cavando la cueva secundaria. A la noche empezó a llover. El Cordobés amenazó al Pelado con un machete.

Nunca en el monte hay paz. Tampoco la hay en mí. Pero en el monte, desde la primera luz del día, comienza una constante batalla contra la muerte. Animales de ojos inyectados que se comen entre sí, dominados por su naturaleza, plantas que crecen sigilosas, insectos torvos, mosquitos que no tienen paz.

Todo camina y se mueve con el sentido de la pelea por sobrevivir.

No pelean con angustia, o miedo. Lo hacen embarazados de su propio ser, cumpliendo los dictados de su corazón que late. Este día, ellos deben ser. No hay mañana, o futuro. Hoy, serán. Serán de manera completa.

Nunca, nada, en este monte, se propone ser una cosa distinta a la que es. Ningún pájaro quiere ser hormiga, ninguna lagartija quiere volar.

El jabalí se jabaliza de manera completa, es completamente jabalí, y ataca. El benteveo bentevea, y la serpiente serpentea. Son en sí. Nada en el monte duda ni por un segundo. El monte es. Yo no soy más que un cúmulo de incertezas, la duda y el miedo vuelven más lentos mis pasos. Mis huellas son profundas, pero las botas resbalan.

—Es curioso: somos capaces de las actitudes más miserables, egoístas y elementales en búsqueda de recompensas concretas, y a la vez podemos dar la vida por cosas abstractas: la felicidad, la patria, la fe, el amor, la dignidad. La vida nos arrastra tras promesas que nunca vamos a alcanzar; por ellas damos todo. Algo así sucede con las ideas: tardan en prender en el corazón de las personas, y a veces lo hacen por caminos inesperados. Pero cuando están allí se quedan para siempre. Las batallas se ganan antes de librarse, del mismo modo que el amor se hace primero en la cabeza, para que luego suceda en la cama, donde la realidad y el sueño encajan. Ernesto Guevara fue él mismo hasta el día en que tuvo que decidir entre la guerrilla y la medicina. Después fue el Che. El Che fue lo que los demás quisieron ver en él. Lo que los demás necesitaron que fuera, para que el sueño y el destino se dieran la mano. Ya no eligió: fue elegido, el Che era mucho más grande que él, y terminaría devorando su vida y la de los demás.

Otro disparo. Allá. Sí, atrás.

Estoy empuñando el arma, pero no siento su peso. Ahora hay ruido y pájaros, más cerca.

El dolor de la herida se transformó en un dulce, dulce sueño. Tengo que entrar en él, porque ya hace frío. El sueño va a protegerme de todo.

¿En qué momento me estalló la cabeza?

¿Cuándo explotó el tiempo?

Nunca hubiera dicho que la muerte era un espejo roto.

Quiero levantarme y entrar en el sueño.

Alguien grita allá.

MP 38 Pistola ametralladora

País: Alemania
Período de actividad: 1940 h
Dimensiones. Longitud total: 630 mm (830 mm con culata extendida); longitud del cañón: 251 mm
Peso: 4,4 kg
Calibre: 9 mm. Parabellum

La MP 38, un arma que ha hecho escuela
en el mercado de las pistolas ametralladoras, especialmente por lo que se refiere a sus partes de
lámina impresa y por el uso de materiales sintéticos.

La sigla MP significa "pistola ametralladora", mientras que el número 38 indica el año de
adopción del arma por parte del ejército alemán.

La aparición de la pistola ametralladora
Thompson significó, también, el adiós al "todo
de acero" para dejar paso, por primera vez en la
historia de las armas de ordenanza, a partes de
aluminio y partes de materiales sintéticos. En la
parte posterior, la culata está cerrada por la es-
tructura misma del bloque de disparo, realizado
en láminas de acero y caracterizada por un mecanismo simplisísimo, también porque el arma puede disparar solamente a ráfaga continua y un solo hombre muy preparado llega a manejar el
gatillo de forma que deja salir un disparo cada
vez; tan sólo hay tres piezas: gatillo, diente de
contención y una horquilla que los une. A su vez,
el bloque de disparo está sujeto al chasis de la em-
puñadura, con tornillos y pasadores. Es un arma
extremadamente fiable, fácil de reparar en caso de
necesidad y controlable en el tiro, el cual, en caso de ráfagas breves, es fácilmente controlable
gracias a las pocas vibraciones que genera.

La MP 38 se mostró un arma prácticamen-
te perfecta. Su único y verdadero defecto es la falta de un sistema de seguridad adecuado, sólo se
puede bloquear el obturador en posición de aper-

tura colocando la manilla del armamento en el escaso hueco de la caja de la culata, a la altura del gatillo.

Fusil FAL

Calibre: 7,62 mm.
Peso del arma sin cargador: 3.900 kg
Peso del cargador vacío: 225 g
Largo del fusil: 1,05 m
Capacidad del cargador: 20 cartuchos
Cadencia de tiro: 650 a 700 disparos por minuto

El FAL es un fusil en calibre OTAN 7,62 x 51 mm que funciona con el mecanismo acerrojado y por acción de gases en un punto del cañón. Este sistema asegura al arma una fiabilidad total, independiente de las circunstancias ambientales, y reduce la fuerza del retroceso. Además, encontrándose ya el cerrojo en posición de tiro no es influenciada por ningún movimiento de pieza hacia delante. Todo riesgo de accidente está prácticamente eliminado: el cerrojo tiene que estar acerrojado mecánicamente antes de que se pueda disparar el cartucho que se encuentra en la recámara. Todo descerrojado resulta imposible mientras que el proyectil no haya salido del cañón. El FAL está previsto para disparar tiro por tiro o en ráfagas. Sin embargo, el arma puede ser suministrada con un dispositivo que permite sólo el tiro semiautomático. Los varios millones de FAL que han sido fabricados en numerosas variantes equipan los ejércitos de casi cien países. Existe también el modelo PARA Nº 50-63 supercompacto con culata plegable que se puede comparar en peso y dimensiones con fusiles de calibres menores de potencia reducida.

High Power- 35 Browning

Cartucho: 9 mm Parabellum
Velocidad inicial: 350 m por segundo
Peso: 810 g (vacía)
Longitud total: 20 cm
Longitud del cañón: 13 cm
Capacidad del cargador: 13

Se trata de una pistola semi automática de grueso calibre, con martillo a la vista, disparador de simple acción, gran capacidad en el cargador y acerrojado por sistema *browning*. La pistola HP-35 recibe su denominación por el término *High Power*, gran potencia, refiriéndose a su capacidad de tiro con los trece disparos que contiene en el cargador y no por que entregue más energía que otras armas del mismo calibre. También es común ver que se la nombre como GP-35, pues en Bélgica se habla el francés y es la sigla de *Grand Puissance*. El principio de funcionamiento de esta arma es similar al de la GM 1911A1. El cañón, móvil, está acerrojado por medio de tetones con la corredera, la cual presenta unos anillos donde éstos calzan. Juntos retroceden por un pequeño tramo hasta que el cañón pivota hacia abajo, deshaciendo el acerrojado y permitiendo a la corredera continuar hacia atrás. Mientras tanto se realiza la extracción y luego la recarga de la recámara, reiniciando el proceso completo. A este sistema de acerrojado con cañón móvil se le denomina sistema browning, y ha sido posteriormente desarrollado por otros expertos como Petter, que lo han simplificado aún más, sustituyendo los tetones y rebajes por una zona de recámara prismática y una abertura en la corredera donde ambos acerrojan. Tan efectivo ha resultado ser que casi todas las pistolas actuales responden a uno u otro sistema.

A veces siento que debe salirme humo de la cabeza. Me toco y no, la cabeza está asquerosamente mojada de sudor, y ningún humo podría salir de ahí. Cuando se llega a la Revolución, o a la desesperación, o a la felicidad, siempre sucede lo mismo: nos quedamos mirando absortos, pensando si era solamente eso. ¿Esto es pelear? Pelear es esperar. Es en la espera cuando el destino decide si se pierde o gana. La pelea es sólo un acto elaborado con anterioridad. Hay algo en nuestro yo íntimo que nos dice si vamos a ganar o a perder. Es el miedo quien nos advierte. El miedo sabe. El miedo se da cuenta. Sólo los locos, o los desesperados, no lo escuchan, no escuchan el zumbido del miedo en las orejas y en el corazón. Cada paso que doy me dirige a la derrota. Pero me niego a verlo. Trato de hablar más alto que el miedo, para no escucharlo. Antes de la pelea el tiempo es infinito, se extiende como la mermelada. En la lucha no: se concentra, y todo sucede en cámara lenta, un segundo puede llevar una carilla de relato, cada detalle cuenta y se advierte, la sangre da lentos borbotones y el miedo grita Te lo dije.

Esperar. No podía hacerse otra cosa que esperar, y el tiempo pasaba lento como una gota de melaza que nunca termina de caer. El grupo comandado por Segundo llegó a Praga, donde se pusieron en contacto con el mayor Serguera, que operaba en la Embajada cubana y que habían conocido durante su otra espera, en La Habana.

Serguera los llevó a una zona turística alejada, a una hora de la capital. Eran "becarios cubanos" esperando en un hotel lujoso y vacío.

—Paciencia. Hay que tener paciencia. Ya está casi todo resuelto. Falta nomás la Granja.

La Granja era la base en Bolivia. Así pasaron más de dos meses: veinte kilómetros por día de caminata en la nieve.

Dobrýden, hola.

Dèkuji, gracias.

Jídlo, pokrm, potrava, zivina, puede ser comida.

Sníh es nieve.

Láska es amor, y luzko, cama.

Más de dos meses.

Despreocúpate, chico, despreocúpate, quiere decir olvídalo, en cubano.

Segundo era un tigre enjaulado dando vueltas en círculo en el lobby. Decidió viajar a Argelia:

allí Ben Bella, del Front de Liberation Nationale, gobernaba el país. Los argelinos alojaron al grupo varios meses, y dispusieron un campo de entrenamiento de tiro y gimnasia. Hacía casi siete meses que habían salido de La Habana, y desde entonces estaban subiendo una escalera hacia la Nada. Nadie sabía a ciencia cierta el nombre del otro, ni tampoco confiaba demasiado en la historia que el otro le contaba. No conocían tampoco el sitio exacto a donde irían a parar, aunque algunos sostenían que iba a tratarse de Bolivia, o Argentina. Miguel se había convertido en el patotero del grupo. Bustos lo sorprendió en París tratando de enviar correspondencia a su familia y aquel fue el primer escalón de una serie cada vez más conflictiva. En ausencia de Segundo, Miguel no paraba de cuestionar su rol de comando y sus obsesiones cercanas a la paranoia. Segundo ya era demasiado extraño como para tener que cargar, encima, con cuestionamientos ajenos: nunca hablaba de él ni de su famiia y un par de veces se mencionó a sí mismo en tercera persona. Y era cierto aquello de su paranoia: había aumentado, y bastante, en la neurótica lentitud de la espera. Antes de salir de Argelia Miguel se negó a seguir viaje bajo las órdenes de Segundo:

—Ustedes me van a disculpar, pero yo les aseguro que si seguimos con este tipo a cargo vamos a terminar todos a los tiros entre nosotros mismos…

Segundo le saltó encima con los ojos enrojecidos de furia, pero llegaron a separarlos. Al rato el comandante, recompuesto, volvió para decirle al grupo que Miguel debía enfentar un juicio sumario. Bustos fue nombrado fiscal y Federico defensor.

Para la acusación, Miguel era un provocador que, de este modo, quería salirse del grupo y escapar de sus responsabilidades. La actitud de Miguel iba a provocarles varios problemas de seguridad cruzando fronteras, y el comandante propuso dejarlo en Argelia. Federico coincidió.

Segundo quería más: alegó que el deseo de abandonar el grupo era llanamente una deserción, y pidió que Miguel fuera fusilado. También propuso que fueran sus amigos argelinos quienes llevaran a cabo la tarea. El grupo votó por unanimidad la propuesta de Segundo. A los pocos minutos un pelotón del ejército argelino llegó para llevarse al condenado. Desde entonces, ningún miembro del grupo mencionó jamás a Miguel por su nombre. Lo llamaban "el Fusilado".

La conciencia no existe: puedo dormir el sueño pesado de un niño, y cuando mi cuerpo se desploma en la bolsa de dormir, mis músculos se pegan al suelo y no hay nada que logre separarlos.

Nadie, sin embargo, reconoce nunca haber matado.

Nunca escuché decir a nadie: Lo maté.

A menos que se tratara de una confesión. Los que matamos preferimos hacer silencio. Decirlo sería vergonzoso y cruel. Habría que decir: sí, disparé, no fue gran cosa, ni siquiera me pareció importante, y mucho menos después de la primera vez.

Matar es saltar un alambrado, no es más que eso, dar un salto del que no se vuelve jamás. Es mejor no mirarlo a los ojos, pero aunque eso sucediera, también la mirada pasará al olvido. Matar no es importante. Sería espantoso que todos descubrieran que pueden hacerlo.

Reglamento de Justicia Militar N° 1 del EGP, redactado por el Comandante Segundo

Serán sancionados con pena de muerte los siguientes delitos:
Traición
Cobardía ante el enemigo
Insubordinación
Torturación[1]
Violación
Asesinato
Robo
Bandolerismo
Deserción
Delito contra natura[2]

La pena de muerte puede ser extendida a los delitos de:
Insubordinación
Maltrato a la población o al prisionero
Descuido con las armas o material político

[1] Así en el original.
[2] N. del A.: homosexualidad.

Infidencia, calumnia contra el EGP, sus oficiales u otros compañeros, y todas aquellas actitudes que lesionan la unidad o los fines del EGP.

¿Soy capaz de matar? Sí. Sin embargo, la idea me asusta. Pero no me asusta por el hecho de quitar la vida ajena. Me asusto de mí, viviendo del lado de la frontera en el que puedo matar cuando tenga ganas.

¿Cúal es el número que sigue a la segunda vez, cuando ya no hay preguntas?

Me da miedo que matar sea tan fácil.

Siempre pensé que el alma, sin excepción, se notaba en el cuerpo. Ahora no lo sé. La muerte no siempre se nota en los ojos. Quienes, por el motivo que fuera, mataron, casi nunca lo cuentan. El temor a matar no es tan distinto del temor a enloquecer: no es temor a la locura, sino a no poder salir de ahí nunca más; terror a no poder volver, pánico a la soledad en el cruce de fronteras.

La ciudad de San Ramón de la Nueva Orán, en Salta, nació como parte de un sueño inconcluso: fue fundada el 31 de agosto de 1794 por Pizarro, a poco de cumplirse dos años de que la vieja Orán, la primera, fuera reconquistada de manos españolas por los argelinos. España había conquistado Orán, en África, en 1509, la perdió por primera vez en 1708, la recuperó en 1732 hasta que a fines del siglo XVIII la tierra se rebeló contra todos sus conquistadores: un terremoto destruyó la ciudad en 1790 y, cercados por el rey de Argel, los españoles pactaron su retiro en 1792 a cambio de un acceso del puerto y una concesión de pesca de coral.

Dos años después, en el otro rincón del mundo, un español nacido en la primera Orán fundó las bases de la segunda. Don Ramón García de León y Pizarro, Caballero de la Orden de Calatrava, Brigadier de Infantería de los Reales Ejércitos, Intendente Gobernador y Capitán General de la Provincia de Salta de Tucumán, la bautizó San Ramón en homenaje a San Ramón Nonato, y Orán evocando aquella tierra que nunca más volvería a ser suya. En 1963, un grupo irregular de combatientes desembarcó en Orán procedente de Argelia; ganaron terreno adentrándose en la selva para, desde allí, planificar tareas de propaganda armada y acciones de corte revolucionario contra el ejército regular argentino. Sumaban entre treinta y cuarenta guerrilleros, al mando de dos argentinos: Ernesto Che Guevara, en Cuba, su Primer Comandante, y Jorge Ricardo Masetti, en la selva, el Comandante Segundo. Nunca entraron en combate con las tropas de la Gendarmería, y tuvieron cinco bajas antes de ser detenidos.

La elección del foco donde comenzar la lucha, Orán, no fue casual: a unos cien kilómetros del sitio se levanta, desde 1928, el ingenio El Tabacal, adquirido por Robustiano Patrón Costa con un crédito del Banco Nación, emblema de la explotación precapitalista en la región. Aquel grupo de los Patrón Costa, Blaquier, Ledesma, se instaló en el poder central con el golpe del general salteño José Félix Uriburu en 1930. Los Ledesma manejaban el Partido Popular y los Patrón Costa el Partido Demócrata Nacional, ambos con bancas en el Senado. La influencia política de la zona corrió paralela a su crecimiento económico: en 1908 Tucumán era la tercera provincia del país en cantidad de obreros, fuerza motriz y capital industrial, después de la Capital y el Gran Buenos Aires. Según *The Economist*, las inversiones inglesas entonces llegaban a 254 millones de libras y las francesas a unos 80 millones. Los ingenios ejercían el gobierno absoluto dentro de sus propiedades, llegando a manejar el poder de policía. La Standard Oil Company, por ejemplo, dictó en Salta bandos ofreciendo recompensa por la captura "vivos o muertos" de dos asaltantes que emboscaron a pagadores de la empresa. Para 1910 diez mil indios tobas y wichis trabajaban a cambio de la comida en el ingenio Ledesma, vigilados por el Ejército de Fronteras, al mando de oficiales extranjeros. En la década siguiente los diputados Miguel Cané, Carlos Pellegrini, Vicente Fidel López y Santiago Alcorta impulsaban en Buenos Aires los proyectos del lobby del azúcar. Recién en 1923 los gobiernos locales intentaron, con poco éxito, controlar la cantidad de horas diarias trabajadas (bajarlas de 12 a 8) y exigir el pago con moneda nacional, eliminando los vales. Los ingenios prefirieron contratar bolivianos, con un sistema de conchabo que les permitía pagar recién al final de la cosecha. En 1933 el ingenio La Mendieta, en Jujuy, fue adquirido por la firma alemana Shaftansen, cuyo consultor local era el entonces ministro de Economía de Justo, Federico Pinedo. Diez años después Patrón Costa fue postulado para la presidencia por el vicepresidente Castillo, pero un grupo de coroneles encabezados por Perón lo evitó con un nuevo golpe de Estado. En 1944 el oro nazi entra a los ingenios a través de Erwin Pallavicini y Guillermo Zorraquín, quien compró parte del Tabacal a nombre de un apoderado de la empresa Krupp. Con el golpe de Onganía, en 1966, el gobierno intervino nueve de los ingenios y cerró cinco, a instancias de un proyecto del Banco Mundial para concentrar el mercado del azúcar. Según datos de la CGT de la época, de los 60.000 desocupados del país, 38.950 eran de Tucumán y Salta, donde finalmente se clausuraron 14 de los 28 ingenios.

Si Dios existe, nunca tuvo en cuenta este sitio. Esta selva sólo puede ser un castigo del infierno. Aquí sólo puede comenzar un suicidio, pero no es eso lo que va a pasar, a menos que entiendan que es la propia Revolución la que se quitará la vida.

Hay que techar la cueva y cuidarse de la trampa. Hay que cuidarse de la trampa.

Hay que techar la cueva.

Hay gente en el Ñacahuazú y hay ciento cincuenta vacas.

No tengo noticias de los argentinos ni del chino.

Mañana vamos a terminar de techar la cueva.

Tengo hambre.

Los bolivianos no se la van a bancar. La trampa. Hay que cuidarse de la trampa.

Despues del Iquirí no hay nada. Peñascos imposibles de pasar.

El Camba volvió con fiebre. El camino a la cueva está bien.

Matamos dos víboras ayer, y hoy otra. Ya hay bastante.

Las piedras cansan, los árboles lastiman, la ropa pesa. No estoy hablando de comodidad. La ropa pesa como si estuviera mojada. Te levantás así y te acostás con quince kilos de camisa, diez de pantalón, cien de mochila. No estoy hablando de confort. Hablo de kilos, hasta en la Revolución las cosas pesan. Nada puede hacerse con el sistema métrico decimal: Marx pesa, Lenin pesa, Rosa Luxemburgo pesa, aunque sea una chica. Hace tres o cuatro días que sueño con café. Se lo conté al Cubano, que me respondió una pelotudez absoluta:

—Chico, hay quienes al café no lo han visto nunca.

Yo sí lo vi. Yo vi café. Lo vi, lo sentí cayendo en la garganta, dándole forma caliente al hueco de mis manos, oliendo su perfume, jugando con la espuma. Sí, yo vi café. Me confieso culpable. Lo vi, y lo tomé. Y no pensé jamás en quienes nunca lo habían visto o tomado. Y los que nunca lo vieron o tomaron, ¿pensaron alguna vez en mí? Les pido perdón. Pido perdón por este pensamiento pequeño burgués, y por haber soñado con café. Pero no pude evitarlo. No puedo manejar mis sueños. Nadie puede hacerlo. De poder hacerlo, soñaría con que estamos ahora mismo en otro lado. Llevamos acá cien o doscientos años. Segundo casi no me habla, aunque en verdad ya casi no habla con nadie. Sólo murmura, o putea para sí mismo o en voz alta, al cielo.

Recordé varias veces a aquel tachero, en Salta: tenía una remerita trucha de Lacoste, una agenda improvisada con un pedazo de cuaderno y una gomita, y un pequeño ventilador enfocándole el rostro cobrizo, de chocolate recién hecho. No sé cómo terminamos hablando del monte, y se me ocurrió preguntarle si hacía calor.

—¿Arriba? —preguntó.

—Sí, sí. Qué sé yo... en Cafayate, Orán, o más arriba.

El tipo se rió franca, abiertamente, y sacudió las manos.

—Usté vio los domingos —me dijo— cuando usté va a comer a lo de su madre, que... llega y se va hasta el horno, ¿no? Y abre el horno y pone la cara de frente, bien así, de frente, y del horno sale un vapor... Sale el Infierno, como un golpe fuerte de vapor, ¿vio?

—Sí.

—Así es el calor por allá. Día y noche.

El tachero no había exagerado en nada. Días de 45 grados y lluvia intermitente, con bocanadas de vapor que salían del suelo. Todo está mojado, y llueve, y se seca sólo para volver a mojarse, y así. El bicherío picaba en bandada, y también los monos, alacranes y algunas ratas que parecían demasiado grandes para ser reales. Y víboras, claro, víboras. A ellas le debo mi histérica costumbre de mirarme los pies cada pocos minutos. Nunca me pasó descubrir a alguna de ese modo, pero aquel estado de vigilancia eterna me ayudaba a avanzar por donde no había camino.

Cincuenta minutos de caminata.

Diez de descanso.

Compañero campesino:

Te escribimos esta carta para que la leas varias veces y para que se la leas también a todos los arrenderos, peones y compañeros que no saben leer. (…) Nosotros somos trabajadores como ustedes, de distintos oficios y profesiones, a quienes nos explotaban en las ciudades y en los pueblos los mismos que los explotan a ustedes en el ingenio, en los montes o en los campos. (…) Todo esto sucede hasta ahora porque los ricos, los dueños de las tierras, los dueños de la fábricas, son también dueños de las armas, tienen la fuerza de su parte. ¿De qué lado se pone la gendarmería o el ejército o la policía cuando hay algún problema? (…) ¿Alguna vez viste que un policía o un gendarme defienda a un pobre contra un rico? (…) Si todos los arrenderos, peones, obrajeros, pequeños propietarios y contratistas tuvieran un arma, los ricos no los explotarían. Y si los ricos no explotasen a los pobres, sencillamente no habría ricos, porque si nadie explota a nadie todo el mundo tendría que trabajar para vivir. La tierra sería del que la trabaja. Las fábricas de sus obreros. (…) Los changuitos, por ejemplo, tendrían oportunidad de hacerse técnicos, abogados, médicos, artistas, ingenieros. En cambio ahora, los que tienen todo eso son los que no trabajan. Viven bien los que no se esfuerzan. Pasean, educan a sus hijos, tienen más casas de las necesarias para vivir y muchos más trajes de los necesarios para vestir. (…) Cada vez que en la casa de un pobre nace un ternero, Patrón Costa y Manero se presentan a cobrar. Cada árbol que da fruto les da plata a ellos. De cada cosecha ellos roban los beneficios. ¿Acaso ellos cuidaron la vaca parida o sembraron el pasto para alimentarla, o plantaron y podaron los naranjos? (…) Ellos, los que mejor comen, jamás sembraron. Los hijos de Patrón Costa nacen desnudos como los nuestros, y sin embargo jamás en su vida les faltarán ropa ni zapatos aunque nunca trabajen (…) Para que las cosas cambien, sólo queda el camino de la pelea. Oponerle a sus armas nuestras armas, a sus fuerzas nuestras fuerzas. Debemos quitarles los fusiles de las manos y empuñarlos nosotros (…) La lucha va ser dura y larga y usarán desde aviones, cañones y ametralladoras, hasta delatores. Ustedes ya conocen a muchos de esos traidores, pero vendrán muchos nuevos. Con esos hay que ser y seremos implacables. Los asesinos como Pérez Fuentes y Pereyra, que se preparen. Ninguno podrá seguir explotando y asesinando. Y los que les sirven seguirán el mismo camino que ellos.(…) Esto lo arreglará el pueblo. Esto lo arreglamos nosotros. Y vos, compañero, junto con nosotros cuando juremos REVOLUCIÓN O MUERTE.

Recibe un saludo de hermano.

Montañas de Salta, enero de 1964
Por el Ejército Guerrillero del Pueblo
Comandante Segundo

—Una gran carta, sí, una gran carta. Me encanta la carta —dijo el Pelado, mientras marchaba enterrándose en el barro. Había llovido toda la mañana—. Los negros van a leer la carta y caerse extasiados, con un formulario para entrar al EGP. Hay que ser culeao para pensar así, ¿eh? ¿Sos culeao, culeao? Carta a los campesinos. Oíme, culeao, si ni campesinos son... ¿Dónde están los campesinos, a ver? Mostrame los campesinos, ¿dónde los vimos? Vimos ayer cuatro pibitos mocosos y dos perros, una vieja gorda y desvencijada y dos tipos a los que les faltaban más de la mitad de los dientes, llenos de pulgas. ¿O no, culeao? ¡Y bueno, decile a este infeliz entonces dónde mierda están los aparachisky y dónde organizamos los koljós!

Al segundo día de marcha del primer grupo, el Pelado había sobrepasado todos los límites que hasta ese momento mantenían una tensa paz. Segundo lo ignoraba y el cubano, Hermes, no sabía si golpearlo o festejarle las bromas.

—¿O no es así? ¿O no es así, capitán Betún, eh? ¿Usté que dice?

—Io digo, chico, que lo mejor es que te calles tú la boca.

Durante un largo, largo rato, nadie dijo nada. Sólo peleábamos contra la selva para poder pasar. Una bandada de pájaros que se cruzó desde
ningún lado nos sobresaltó.

Al rato encontramos un pequeño claro y
paramos la marcha para almorzar. Segundo nos
ordenó que no nos aflojáramos la mochila, basta-
ba con apoyarla. Con un descanso tan breve el
cambio de peso iba a ser demasiado brusco. Comimos unas sardinas en lata y un poco de arroz
que había sobrado de la noche anterior. El aceite
de las sardinas relajaba el gusto, y casi no las pro-
bé. En veinte días esa comida sería para mí el me-
nú especial del Ritz. A veinte metros, Pupi estaba
sepultado entre mochilas llenas de cacerolas y su
imagen era patética: era una especie de ekeko lleno
de presentes, con sus gruesos lentes sucios y un libro haciendo equilibrio entre las manos.

"La guerra implica azar —leía Pupi—, en
ninguna otra esfera de la actividad humana se deja tanto margen para ese intruso, porque ninguna está en contacto constante con él, en todos sus
aspectos. El azar aumenta la incertidumbre de todas las circunstancias y trastorna el curso de los
acontecimientos", decía Pupi que escribía von
Clausewitz.

Pupi era extremadamente ansioso, y quizá
un poco tartamudo como consecuencia de lo anterior. Era de ese tipo de gente que tiene un desa-
cuerdo físico con el mundo: abren las cajas de fósforos al revés, se tropiezan en lugares planos,
pierden las cosas para volver a encontrarlas un minuto después, frente a su nariz. Si alguien lo veía

acercarse a mil metros, un día de niebla, sabía que se trataba de un estudiante: cierto voluntario desaliño en la ropa, manos de pianista, lapicera a mano en el bolsillo de la camisa.

Al minuto de verlo el Pelado lo bautizó Manuelita, y nunca paró de hostigarlo.

—Qué mala leche, ¿no, Manu? —le decía—. Venir hasta acá y morirte sin debutar.

Lo de Manuelita era por la paja, pero el turro del Pelado lo decía con cierta ambigüedad, como si Pupi fuera medio puto. Pupi no era puto. Los putos no podían entrar al EGP. El Reglamento lo llamaba "delito contra natura", y se sancionaba con la pena de muerte. Ni los putos ni los adictos, ni los que cagaban a la mujer con una doble vida. El Hombre Nuevo no podría nacer de los vicios del Hombre Viejo: los putos eran traicioneros, y los drogadictos tipos demasiado susceptibles de hablar bajo presión. Según Hermes, el Che mismo les había advertido cuidarse de las minas, ideales para infiltrarse entre la gente. Las órdenes eran claras: si llegábamos a cruzarnos mujeres entre la población debíamos presentar elevada moral, ética intachable y un respeto puritano. Si una compañera llegaba a incorporarse a la columna habría encargados de cuidarla especialmente del acecho de los hombres. De todos modos, aquello era sólo teoría: con lo único que nos cruzamos fue con un anta y no tuvimos tiempo ni de fijarnos en su sexo, nos la comimos casi cruda.

Documento interno del Ejército
Revolucionario del Pueblo, ERP:
"Moral y proletarización"

La pareja revolucionaria es una relación integral de dos personas que tienen un eje, una base material: su actividad revolucionaria. (…) Para los revolucionarios la pareja no es una entidad "personal", al margen de su conjunto de relaciones y actividades políticas. Por el contrario, la pareja es una actividad política, también.

(…) Esta "célula político familiar" no puede aislarse de la realidad que la rodea. La organización revolucionaria debe ser delimitada claramente de las masas en el terreno organizativo, como señaló Lenín, pero políticamente debe ser un organismo abierto a las masas, como también señalaba Lenín al decir que se debe aprender de las masas para poder educarlas. (…) En este marco se inscribe la cuestión de la crianza de los hijos. En primer lugar, es necesario salir al cruce de la opinión arraigada entre algunos compañeros en el sentido de que los revolucionarios no deben tener hijos pues éstos los limitan en su condición de tales. Esta afirmación es incorrecta. Es cierto que se pueden citar casos de compañeros que por temor por sus hijos han dado muestras de debilidad frente al enemigo, que a causa de ellos han descuidado su actividad revolucionaria. Pero esto no quiere decir que los hijos sean la causa de estas actitudes individualistas, sino que constituyen por el contrario, un efecto, una manifestación más del individualismo burgués y pequeño burgués que en esos casos se manifiesta a través del temor por los hijos o por el descuido de las tareas en aras de ellos. (…) La natural e instintiva tedencia del ser humano a prolongar la existencia de su especie, puede y debe ser tratada de manera revolucionaria. (…) Autocrítica: está, en primer lugar, la proyección de los desacuerdos de pareja a la militancia práctica. Es muy frecuente que compañeros que llevan una relación inarmónica aflojen en su militancia. Esta es una manifestación de individualismo que proviene de considerar a la pareja como una entidad separada del conjunto de la militancia. Se debe superar considerando a la pareja como una célula político-familiar, como señalábamos más arriba. Otra falta de respeto por la pareja se manifiesta cuando se produce una separación temporaria por las tareas o porque uno de los compañeros o ambos caen en manos del enemigo. En este caso es frecuente que los compañeros tiendan a iniciar nuevas relaciones. Es una manera cómoda de resolver las carencias propias inmediatas y constituye una muestra de fuerte individualismo, al no ponerse en el lugar del otro y mirar las cosas de conjunto, partiendo del punto de vista de los intereses superiores de la Revolución.

—Dale, pitá.
—¡Pará, viejo, recién lo agarro!
—Hablen más bajo.

—¿Y entonces qué pasó?

—Que el Cubano se volvió loco y lo empezó a putear.

—Pero no entiendo qué le preguntó Bandoni.

—¡Uf, otra vez!

—Dale…

—Bandoni lo encaró y le preguntó de dónde era en realidad… como si no fuera cubano, ¿entendés…?

—Le preguntó cual era su "auténtica" nacionalidad.

—¿Por qué?

—Ah, yo qué carajo sé. Eso le preguntó.

—¿Y?

—Y el Cubano se volvió loco y lo empezó a putear. Después habló con Segundo y le dieron dos días de ayuno de castigo.

—¿Y Bandoni?

—Y qué sé yo… Se la bancará… Otra no le queda. Está allá tirado. Durmiendo.

—No sé si se la banca así nomás.

—¿Qué querés decir?

—A Henry le dieron un día y medio de castigo cuando perdió el cargador, ¿te acordás?, y al Peti doble guardia sin comer porque no encontró el plástico de la hamaca.

—¿Y?

—Y, que estaban violetas, boludo. Que no se murieron de pedo.

—¡Pará, pará, no lo tirés!

—La última.

—La última.

Hasta el Infierno encuentra su rutina: a me-
diados de enero nos habíamos acostumbrado a casi todo, menos al hambre. En la Toma estaba el
campamento central: las armas, alimentos, reme-
dios, parte de la compañía. De allí salíamos hacia
más arriba, o nos dispersábamos como una lenta
mancha de aceite hacia el resto de la selva. Todos
los sitios eran iguales.

En un obraje cercano al río Las Piedras re-
partimos medicinas, y en Aguas Negras, un case-
río de ocho o diez ranchos, sólo encontramos una
familia. Los campesinos nos trataban como a extranjeros: soldados yanquis a los que pedirle chi-
cles y cigarrillos rubios. Escuchaban en silencio,
extasiados, nuestros planes, y por supuesto asen-
tían a cada palabra propuesta, en silencio o con
una amplia sonrisa. Todos recibían su carta del
Comandante Segundo y prometían leerla, aunque
la gran mayoría eran analfabetos.

"Congo: pasajes de la guerra
revolucionaria", de Ernesto Che Guevara

El teniente coronel Lambert, simpático,
con aire festivo, me explicó cómo para ellos los
aviones no tenían ninguna importancia porque
poseían la *dawa,* medicamento que hace invulne-
rable a las balas.

—A mí me han dado varias veces y las balas caen sin fuerza al suelo.

Lo explicó entre sonrisas y me vi obligado a festejar el chiste en que veía una forma de demostrar la poca importancia que se le concedía al armamento enemigo. A poco me di cuenta de que la cosa iba en serio y el protector mágico era una de las grandes armas de triunfo del ejército congolés.

Esta *dawa* hizo bastante daño para la preparación militar. El principio es el siguiente: un líquido donde están disueltos jugos de hierbas y distintas materias mágicas se echa sobre el combatiente al que se le hacen algunos signos cabalísticos y, casi siempre, una mancha con carbón en la frente; está ahora protegido contra toda clase de armas del enemigo (aunque también esto depende del poder del brujo) pero no puede tocar ningún objeto que no le pertenezca, no puede tocar mujer y tampoco sentir miedo so pena de perder la protección. La solución a cualquier falla es muy sencilla: hombre muerto, hombre con miedo; hombre que robó o se acostó con alguien, hombre herido, hombre con miedo. Como el miedo acompaña a las acciones de la guerra, los combatientes encontraban muy natural el achacarle la herida al temor, es decir, a la falta de fe. Y los muertos no hablan; se les puede cargar con las tres faltas.

Cada batalla es el origen de todas las batallas, y también la última. ¿En qué otro juego si no uno podría convertirse en dos? Sólo en el solitario, pero es un juego con muy poca elegancia y ninguna estrategia. En el ajedrez era distinto: podía ser dos, o más, como en el juego de la guerra, donde también podía ser uno como nunca antes. Melancolía de una guerra que nunca conoció: aquella en la que el rey dependía tanto de los peones, una guerra sin espías, ni dobles intenciones, ni sombras en los pliegues del poder. El Che llevaba su pequeño y desmoronado juego de ajedrez de viaje (¿o no era "de viaje" todo lo que el Che llevaba?). Y aceptaba, desafiante, cualquier convite a la partida. Le decía el Che a los estudiantes de La Habana que el ajedrez había nacido en el siglo VI en la India, y se llamaba *chaturanga*, o juego del ejército. Dicen los insomnes de los tableros que el ajedrez fue inventado por un brahmán para un jóven rajá que sólo le dio como elementos dos ejércitos de 16 figuras cada uno y un tablero de 64 fichas blancas y negras. Al rajá le fascinó una de las reglas primordiales del ajedrez: que el Rey no pueda hacer casi nada sin el apoyo de sus súbditos. Le había ofrecido, al brahmán, cualquier recompensa si el juego funcionaba: el brahmán le pidió un grano de trigo por la primera casilla del tablero, dos por la segunda, cuatro por la tercera, ocho por la cuarta y así sucesivamente, doblando la cantidad de la casilla anterior, hasta llegar a 64. El rajá aceptó entusiasmado ante lo que imaginaba un pedido de gran ingenuidad. Pero nunca le pudo pagar: de haberle dado la cantidad de trigo exigida, la cantidad habría sido 18.446.744.073.709.551.615 granos, unas setenta y seis veces toda la superficie de la Tierra.

¿En qué momento de la batalla el Che perdió la guerra?

A un año de bajar del monte Guevara tenía el pelo más corto y la cara hinchada: sobrepeso, para todo el mundo, efectos negativos de la cortisona, en la versión oficial. Jean Paul Sartre, en conversaciones privadas en París, había dicho que la luna de miel de la revolución cubana ya estaba terminada a fines de 1960.

En octubre del 63 el Che le envió un mensaje en clave a Segundo, aún en Checoeslovaquia y a punto de viajar hacia Argelia: "Nuestra Atalaya se hunde inexorablemente".

Nuestra Atalaya, dijo, Inexorablemente.

Poco faltaba para Orán; la columna guerrillera del ELN de Héctor Béjar entraba a Perú, Venezuela acababa de secuestrar trescientas toneladas de armas cubanas destinadas a la incipiente guerrilla local y altas autoridades cubanas comandaban en Argelia un batallón blindado en la guerra limítrofe contra Marruecos. Se hunde, dijo.

Inexorablemente.

Nuestra Atalaya.

La chispa, mojada, no incendiaba la pradera. El Che, que subió la sierra como voluntario y la bajó siendo mito, pasó meses mirando el mapa con la actitud de quien busca la puerta de salida. ¿Dónde estaba el nuevo grito? ¿Dónde el brazo pidiendo auxilio? ¿Por qué, ahora que habían comprobado que volar era posible, no lo hacían? No hay nada más aburrido que una Revolución. No hay nada más esforzado, lento, trabajoso, contradictorio, sucio, ilusorio que una Revolución: debe construirse a cada minuto de cada año de cada siempre eterno, tiempos en los que la pelea es más que nada con uno mismo. Ser humano nunca alcanza, siempre es vergonzoso, se debe ser más que humano siempre y siempre se pierde y el día en que se logra, el día en que uno logra ser gigante, se despierta rodeado de enanos y todo comienza otra vez. Pero no era ése el problema del Che; él era la Revolución; él era a quien todos le pedían milagros: él era la persona más sola de toda La Habana.

Pasillos repletos de funcionarios mediocres que se pasaban la tarde contando historias ajenas. Chicas de curvas múltiples despiertas como tigresas esperando el sitio donde dar el salto. Espíritus miserables buscando todavía más sangre, cuchicheando deslealtades, propiciando purgas. Los soviéticos vigilando al Che, los chinos vigilando a los soviéticos, los cubanos vigilando a todos, el

Che buscando una salida en un mapa sin puertas
a la vista.

    El Che nos hará más buenos.

    El Che nos hará más solos.

    El Che nos hará más crueles.

    El Che nos hará más libres.

    Entreguemos el alma al Che. Quien ya no
puede cargar ni la suya encima.

    Nos sucede algo raro con la Muerte.

A veces pensamos que purifica.

Dos

ESTRAGÓN: Didí...
VLADIMIR: Sí.
ESTRAGÓN: No puedo seguir así.
VLADIMIR: Eso es un decir.
ESTRAGÓN: ¿Y si nos separásemos? Quizá sería lo mejor...
VLADIMIR: Nos ahorcaremos mañana. (Pausa) *A menos que venga Godot.*
ESTRAGÓN: ¿Y si viene?
VLADIMIR: Nos habremos salvado.

Samuel Beckett, *Esperando a Godot*

No conozco de casi nada, pero de distancias conozco, fijesé. No tienen que ver con los ríos, o las montañas, o esta mierda verde llena de bichos y piedras y tierra colorada que hay acá. Le hablo de distancias imposibles de cruzar. No hay mayor distancia que la que va desde la cama del enfermo a la mesa de luz. La mano se estira, y tiembla, y no llega jamás. Hay, también, una distancia atroz entre las piernas cansadas y el fuego que se apaga, lejos. Hay momentos en los que no se puede caminar. No. No se puede dar un paso más. El cuerpo está atado con una especie de alambre caliente y no. No se puede dar un paso más. Pupi estaba así. Lo que seguía caminando era su espíritu, o sus huesos, no sé, pero ya no era el Pupi completo que había llegado hace unos meses para tomar el poder. Hacía más de una semana que el Pupi caminaba sólo porque alguno de nosotros, ante los gritos de Segundo, lo empujábamos como a una res.

—Dale, pan blanco.

—Dale, mula.

—Nenita, dale.

Pupi lloraba.

—Jefe, vea lo que es. Mireló.

Y ahí estaban los huesos y la piel de Pupi, que habían caminado hasta acá, y el alma de Pupi muy muy perdida dentro de los ojos vidriosos, en una mueca que no era ni desesperación ni sonrisa, una mueca abyecta, esperando que la vida decidiera por él.

—Mireló.

—Ya veo la mierda que es. Que esta noche haga doble guardia, y que no le den comida.

Al otro día, sabe Dios por qué, Pupi estaba un poco mejor. Salió con el Cordobés a buscar agua hasta un río cercano y poco antes de llegar se arrodilló en el piso agarrando al Codobés del pantalón:

—Matame —le suplicó.

El Cordobés lo apartó con una patada y lo empezó a putear.

—¿Qué querés, pelotudo?

El Pupi estaba tirado en el piso, y había vuelto a su estado de bolsa de huesos.

—¿Qué te pensabas que era esto, eh? Pelotudo…—dijo el Cordobés, que desenfundó su pistola y la martilló en la cabeza de Pupi—. ¿Qué pensabas, que era un campamento, imbécil? De acá no se sale, no se sale… Levantate, retardado, dale... ¿Qué querés, devolver el carnet? ¿Pagaste la cuota de la pileta? ¿No te gusta el club, idiota?

Y lo trajo al campamento a las patadas en el culo.

Mi primera imagen de la mañana siguiente es la de Segundo, a lo lejos, apoyado en un árbol, mirando a la nada, con el Cubano y el Cordobés rodeándolo, ambos con la cabeza hacia abajo, compungidos como en un velorio. Era extraño ver a tres tipos solos allá, charlando, en medio del Infierno.

El viento trajo algunas palabras hasta el grupo, pero ya había demasiados pájaros y la distancia era considerable.

—…que…arruina…lamentablemente- …que corra al grupo…lo quiere llevar.

Después hubo un largo silencio hasta que reiniciamos la marcha.

Un dolor en el tobillo me retrasó, y al rato pasó a mi lado el Cordobés empujando a Pupi:

—Dale, Blancanieves, la concha de tu madre, dale…

Pupi moqueaba y caminaba a los tumbos.

El Cordobés se acercó a mi oído derecho y me balbució una frase llena de saliva:

—A éste le queda poquito…

El Cordobés carraspeó y sus palabras se convirtieron en un gargajo que terminó entre las matas.

Bajar, caer, no es descender; es estar en suspenso.

Puta hormiga inmensa y negra que camina por el borde de mi bota. Reluce, lenta, y acelera el paso. Sube por el empeine y nunca sabrá, verdaderamente, dónde sube. Ella no puede verme, no puede

ver más que mi bota, que tampoco entiende y a lo su-
mo imagina como un extenso pedazo de cuero negro
disecado. La hormiga no sabe exactamente dónde es-
tá, y no me puede siquiera pensar. Nada tan inmen-
so cabe en su mundo hormiga. Si lograra saltar la
enorme distancia que va desde el pie a la pantorri-
lla y me picara, moriría de inmediato, sin saber qué
cosa le quitó la vida. Si pudiera pensarme, me lla-
maría Destino. O Dios.

El más importante de todos los sueños kollas es el del 22 de junio, el día anterior al solsti-
cio de invierno: esa noche el yatiri deja que las
Fuerzas entren en su sueño y le digan cuáles son
las enfermedades que curar. El yatiri nunca sueña
con la Revolución: no pide un médico, ni salita ni
enfermero allá, no pide baterías para la radio. No
pide ni siquiera nueva mujer porque, después de
los treinta, los kollas se quedan hasta la muerte
con la misma mujer. El yatiri puede soñar con el
ucu, y en ese caso advertir al viajero. Desde que
empezaron los blancos a hacer explosiones por el
gasoducto, los ruidos corrieron al ucumar y ahora ese mono enorme acecha en la selva de los Yungas. El uco macho persigue a las mujeres y la uca
a los hombres: los llevan adentro, bien adentro de
la selva y los muelen a palos. Peor es el yaguareté,
al que nunca le entran las balas y antes de comer-
te, te mata del miedo.

Si Segundo pudiera escuchar mi cabeza me mandaría a matar. Pero no puede: hablo poco, casi nunca miro a los ojos y siempre tengo buena disposición. Soy un soldado. Perdón: soy un combatiente. Obedezco sin preguntar. Ejecuto, aunque no sé por qué disparo. No, no es así: sí sé por qué disparo, disparo porque mi alrededor es una mierda, porque la gente con la que nos cruzamos no tiene presente ni mucho menos futuro. Disparo porque a este país lo hicieron mierda y está ocupado por un ejército enemigo que cuida las cosas de los que más tienen y me pregunto qué carajo voy a hacer cuando lo tenga frente a frente a un cholito de estos de la gendarmería, tan asustado como yo, viendo los dos quién mata primero, ahí recién sabré, aunque como todo ahí ya es tarde porque ahí quiere decir más allá de ese lugar que todavía no pasé pero voy a pasar. No sé cómo es más allá. Y encima debe ser al pedo, tanto rollo te hacés con el asunto, con matar, y después que matás terminás igual, el alma no se ve, capaz ni siquiera está, matás y chau, después comés, y cagás, y cogés si encontrás una chinita y sentís el calor, los pies jugando con el borde del colchón y le contás, le contás que se enfrentaron y mataste a dos, le contás cómo va a ser el país cuando ganemos y ella se ríe y te pega un codazo suave en el estómago, de cómplice, y se ríe con ganas, sin entender nada. La chinita se pone seria y te agarra la cara y acerca la suya como si jugaran al cíclope, más, más cerca hasta que las narices se tocan y se ríe y te mira y dice:

—Qué vas a matar vos...

*Y sentís una bota en el medio de tu estómago
y desde el más allá el sargento dice:*
*—Pará de coger y despertate, que estás de
guardia.*
*Y caminás medio a desgano hasta aquella luz,
donde tenés que estar despierto.*

Los kollas no miden las distancias en kilómetros, sino en horas de marcha. Cruzar un cerro,
subirlo y bajarlo, unos veinticinco kilómetros, son
ocho o nueve horas. Con demasiado calor, o lluvia
y barro, quizás once. La distancia que los kollas cal-
culan nunca es igual a sí misma: debe proyectarse
en función de las condiciones en que se la cruce.
Antes, dicen los kollas, se respetaba mucho más a
los pagres y a las magres, ahora los changos salen y
vuelven a cualquier hora y muchas veces se esca-
pan del camino trazado por su familia. Las mujer-
citas kollas saben que a los once o doce años se en-
frentarán al sexo: "Ésta ya está lista pa' la rameadita",
dirán sus compañeros y ella perderá su virginidad
con el grupo. Los kollas no observan esta costumbre como una violación. A los dieciséis los chicos
se independizan y obtienen una vaca como "dote"
de su familia. A veces, algunos privilegiados reci-
ben también una o dos gallinas. Recién después de
los treinta años forman una pareja, que mantienen
hasta que la muerte los separa.

El pájaro se mueve. El pájaro se mueve nervioso. El pájaro se mueve nervioso y pega pequeños saltitos. El pájaro se mueve nervioso, pega pequeños saltitos y yo lo miro. El pájaro se mueve nervioso, pega pequeños saltitos, yo lo miro y salta desde una rama. El pájaro se mueve nervioso, pega pequeños saltitos, salta desde una rama y escapa. Quisiera ser pájaro.

Hay un momento en que lo único que se espera de la muerte es que sea una puerta. Pupi esperaba que esa puerta se abriera. En el umbral de la muerte no hay fechas, ni relojes, sólo un constante sopor que adormece y el miedo a cerrar los ojos. Pupi, en los últimos días, ya no escuchaba bien las voces de sus compañeros y había olvidado, incluso, cómo sonaba la propia. Es mentira lo de las diapositivas: la vida no pasaba ante Pupi sino que él viajaba hasta ella, estaba de pronto en La Plata, materialmente estaba allí, entre los olores y los sonidos de La Plata, y de súbito volvía a la humedad y el hedor, y de nuevo a la Facultad, pero la Facultad estaba en la montaña, y allí iba Pupi subiéndola con el Che Guevara.

Scott hubiera escrito que Pupi era un plato rajado, aquel que no iban a tirar pero tampoco a volver a usar jamás. Y se hubiera equivocado, porque el plato nunca llegó a su olvidado destino de alacena.

Pupi no podía mirar a Segundo a los ojos. Tampoco podía sostener la mirada del Cubano.

Ambos le tenían asco. Podía escuchar el pensamiento de Segundo, ronco y constante como un motor, tan sólo mirándolo: Pupi, blando de mierda, basurita, lepra de biblioteca, flor de revolución vamos a hacer con vos, meándote encima como una mariquita, quién carajo me mandó, decime, quién carajo me mandó...

"Preguntado: por los datos físicos y otras características del guerrillero Pupi, dijo: que Pupi ingresó al campamento guerrillero cuando estaba en Finca Emboruzú (Bolivia), aproximadamente a fines del mes de agosto de 1963. Que era un muchacho de unos veinticinco años y de uno ochenta aproximadamente de estatura, delgado, cabeza chica, cara alargada, dentadura sana, que calzaba botines número cuarenta y uno o cuarenta y dos, pelo negro semi ondulado, que fumaba cigarrillos negros y a veces en pipa. Preguntado: qué ropas vestía Pupi la última vez que lo vio, dijo: que la última vez que lo vio fue el 4 de noviembre de 1963 en el campamento de San Ignacio y vestía uniforme de guerrillero, botas de cuero, suela de goma, cinto de lona y birrete de lona impermeable con visera del mismo material o igual color verde al del uniforme. Que Pupi usaba una hamaca para dormir color azul o blanca, dado que eran los únicos colores que tenían. Que no recuerda qué camiseta usaba, pudiendo haber sido particular. Exhibida que le es la pipa secuestrada del bolsillo de Pupi, dijo: que es uno de los tipos de pipa que se usaban entre los guerrilleros del campamento, no recordando que Pupi haya tenido una especial. Preguntado: qué personal de guerrilleros quedó en el campamento San Ignacio el día 4 de noviembre de 1963 cuando el declarante salió de comisión, dijo: que quedaron el comandante Segundo, capitán Hermes, teniente Laureano, Pirincho y Pupi. Que el declarante salió al camino con Raúl Dávila a esperar la camioneta que venía con la gente nueva, Jorge, Bollini, Jorge Jerez y Henry Lerner, los que llegaron acompañados por el Cordobés, su hermano Emilio Jouvé y haciendo de chofer el doctor Canello.

"Que en uno de los reconocimientos que efectuaron por la zona de YPF Río Pescado hubo que desarmar al Pupi, que era uno de los aspirantes que ingresaron al país con los primeros efectivos. Que lo desarmó porque se tiraba al suelo y no quería caminar y con su comportamiento podía poner en evidencia al grupo ya que estaban cerca de poblaciones. Que estaba o se hacía el enfermo, por las cosas raras que hacía, entre ellas se tiraba al suelo y respiraba com si se estuviera ahogando.

"Que cuando regresó al campamento el Pupi no estaba, manifestándole el comandante Segundo que lo había mandado a la ciudad porque estaba enfermo, y a cumplir una misión."

Ya dejaron de mirarme. Hace tiempo que no estoy acá. No tengo pies, tengo pedazos de carbón en los pulmones y respiro como un chihuahua. Mi plato tiene cada vez menos comida. Saben que ya no me hace falta, y yo simplemente espero. Hubiera querido ahorrarles el trabajo pero no puedo: estoy desarmado y creo que, si disparara, la bala iría a parar a la copa de algún árbol, lejos de mi cabeza. La espera es lo peor. Quiero que esto termine. Escucho cada paso cercano como el último: ahora otra vez; se acercan pasos. Ningún artículo del Código Militar del EGP dice "matarás al débil". Pero ya se sabe que la Revolución vomita a los tibios. ¿O era Dios? Ahora soy yo quien ya no los escucha a ellos: están reunidos en semicírculo frente a mí, solemnes y ampulosos. Dios Santo, no los escucho. Quisiera saber qué dicen. Uno o dos no pueden levantar la vista del suelo. En la bota de otro hay hormigas, y un ciempiés. La noche sucede, ajena. Nadie diría que está por llegar la muerte. Nada podrá dolerme más que caminar. Siento el frío del caño de un arma en la nuca y después nada. Mi alma camina, leve, hacia el silencio.

"El papel del Partido Comunista
de China en la guerra nacional",
de Mao Tse Tung

Es necesario reafirmar la disciplina del Partido, que consiste en:
La subordinación del militante a la organización.

La subordinación de la minoría a la mayoría.

La subordinación del nivel inferior al superior.

La subordinación de todo el Partido al Comité Central.

Quien viola estas normas de disciplina, socava la unidad del Partido.

En ese primer tiempo, dentro de todo, las cosas andaban bien. Por ahí alguno se cansaba más que otro, pero nada más... En un momento nos quedamos sin agua porque pensábamos que el río estaba más cerca, y hubo un incidente con uno de los chicos que venían de Buenos Aires que se empezó a poner mal, muy mal, no podía caminar. Al día siguiente fuimos a un lugar donde había un depósito de YPF, nos juntamos con unos paisanos, había gallinas, bananas, había una plantación de bananas, y ese día comimos arroz con gallina. Después cruzamos el río Pescado, que está en la provincia de Salta pero cerca de Humahuaca. En ese lugar tomamos un obraje. Había algunos personas que estaban esperando que les dieran coca y alcohol para irse, porque no les pagaban un peso, y había una señora que estaba muy enferma, y la atendió uno de los muchachos de Buenos Aires, Pirincho, y bueno, le hablamos a la gente de lo que estábamos haciendo. Y de ahí salimos un poco más para arriba, siempre para Orán. Iba a llegar más gente de Córdoba y había que esperarlos en la zona. Justo ese día se hace el juicio a Pupi. Cuando llegamos, Masetti, que era el jefe, nos comunica que lo iban a fusilar. Yo le pregunto por qué. Y me dice cosas como que el Pupi no andaba, que en

cualquier momento nos iba a traicionar, que andaba haciendo ruido con la olla, que andaba desqui-
ciado. Yo pienso que estaba muy mal, que se había
quebrado, pero no vi que representara un peligro.
Me dice "bueno, entonces vas a ser vos el que le
pegue un tiro en la frente". Yo les digo que no le
voy a dar un tiro en la frente a nadie y mi hermano
me dice que me calle la boca.

"Que reunidos el presidente primero Hermes, viceprimero Jorge y vice segundo Jouvé decidió, de acuerdo al reglamento, aplicar la pena de
muerte al acusado mediante fusilamiento que se
efectuó al día siguiente integrado por los guerrilleros César, Marcos y Diego al mando del capitán Hermes. A fs 541 Jouvé describe la ropa que
tenía el guerrillero Pupi cuando fue fusilado."

Libro de campaña del Capitán Hermes

"El dia 11 al amanecer salí yo a buscar al correntino, alberto y el pupi poco rato despues los en-
contre regresamos al campamento y en ese lugar
pasamos el dia. el pupi y yo salimos a hacer una
esploración y por la noche cruzamos el rio pescao.
el cordobes buscando el paso se cayó y se enterro
en el fango, cuando ibamos serca de ypf el pupi
empezó a mandarse la parte y uvo que desarmar-
lo seguimos por la plata y segundo se cayo y se dio

un fuerte golpe en la rodilla (…) el dia 16 por la noche cruzamos el pescao de nuevo por dos lados el pupi se cayó en el 2do cruce del rio y dormimos en la boca de la quebrada de anta muerta. (…) salimos federico y yo a hacer una esploracion y encontramos un harrollo (…) el dia 27 salió emilio con el cordobés a operarce una uña del pie y nosotros esperamos en ese campamento hasta el dia 7 de noviembre. emilio regreso el dia 4 con gran cantidad de comida y tres hombre que ingresaron el dia 4 a las 4 de la madrugada. el dia 5 salio el cordobes con la jente que habia llegado nueba y nosotros fusilamos a el pupi."

Pupi no desertó. Me hago dificultoso paso entre las tipas blancas, los cebiles, el pacará o timbó y pienso, siento, que Pupi nunca desertó. Pateo los tarcos, rastreo señales en el viscote, el lapacho rosado, el palo blanco o el palo amarillo y me digo, otra vez, Pupi nunca se fue. Me enredo entre los laureles, el horco molle, los pastizales y la imagen de Pupi agazapado me vuelve durante toda esa mañana, y la otra, y la siguiente también. A Pupi lo matamos por débil. ¿Era realmente débil aquel que enfrentó desarmado los balazos, sin mover un pelo? Hay dos o tres, o más, tan débiles también. ¿Qué iremos a hacer con ellos? Es extraño: a veces me parece que la Revolución nos tiene miedo; teme que nos volvamos demasiado humanos. Leí una vez que los pescadores noruegos usaban los laberintos para ahuyentar a los malos espíritus: antes de salir al mar pasaban por alguno de sus seiscientos laberintos de piedra donde los malos espíritus se perdían, confundidos, y así los pescadores podían salir seguros. En este laberinto de humedad, calor y sombra, todo funciona al revés: los malos espíritus se suman a la comitiva, nos sorprenden, nos susurran todo el tiempo al oído cosas que no queremos escuchar: matamos a Pupi cuando nos imaginamos su deseo. ¿Su deseo era el nuestro?

Segundo escribió la carta con cuidado, eligiendo cada palabra, convencido de que la Historia le saldría de testigo: "La trayectoria de su vida indica que ha sido usted un hombre rebelde, aferrado a principios en los que creyó y de los que no se apartó jamás". Ése era el primer párrafo, respetuoso, aunque altanero: Segundo le recordaba lo que había sido. "¿Dónde está su rebeldía? ¿Dónde está su valor?", azuzaba algunos párrafos más adelante, aconsejándole: "Los argentinos no debemos doblegarnos, sino rebelarnos". La carta estaba dirigida al presidente Arturo Illia, con fecha 9 de octubre de 1963. Illia, con el peronismo proscripto en la elección, había obtenido 2.424.275 votos contra 1.884.435 votos en blanco. Tres días después de la carta de Segundo, el presidente asumió su cargo, en el que se mantuvo por tres años hasta el golpe del Ejército encabezado por Onganía. Illia rescindió los contratos petroleros firmados por Frondizi y dio una dura batalla contra los laboratorios, al punto que llegó a costarle su gobierno. Los indicadores de crecimiento económico, ocupación, deuda externa, cultura y educación estuvieron entre los mejores del siglo XX. El comandante Segundo del EGP firmaba la carta que salió publicada el mismo día 9 en *La Nación* pidiéndole la renuncia y advirtiéndole: "Seguiremos construyendo en nuestras montañas la patria justa que soñamos, únicos auténticamente libres entre todos los argentinos, defendiendo nuestra obra y nuestra libertad de las armas de los enemigos del pueblo, con nuestras propias armas".

Creo que fue pasando Aguas Negras donde estaba la nenita esa que lloraba y gritaba. No hay mayor impotencia que la que se siente frente a un chico enfermo. Querer ser Dios, y volver a ver que nunca nada alcanza. La nena llora, y grita.
—¿Qué le pasa?
—Y —dice el padre—, la nena está p'al hoyo.
—¿Cómo p'al hoyo?
—Y sí... Ya enterramos a dos. La primera la llevamos al médico porque lloraba igualito que ésta, y se nos murió en el hospital porque esperamos mucho. La segunda se nos murió en el camino. ¿A ésta para qué la vamos a llevar si igual se va a morir?
El Cordobés revolvió en la mochila y sacó un par de antibióticos. A la mañana la chica estaba como nueva.

—Yo de política no sé nada, ¿me entiende usté? Yo soy apolítico, como le dicen, ¿no? Apolítico. Si al final uno anda por ahí haciéndose el político y así le va, ¿no? Depende siempre de quién gana... Lo mejor estar siempre derechito con el que gana, si quiera usté o no igual lo va a tener cagando, y obedecer hay que obedecer, ¿no? Es la ley del gallinero y hay que tener ojo pa'ver el palo en el que ponerse. Y el gendarme, vio... es... menos que un perro bueno. A un perro bueno lo tienen todo el día de acá para allá, al gendarme nada, salte, venga, vaya, corra, dispare. Y bué, es así, ¿no? Los guerrilleros sí, los guerrilleros sí que andan por ahí haciendo la política... Biri, biri, biri, parlan que te parlan, uh, hay algunos que si los dejás hablar te terminan esposando a vos. Hablan lindo pero mucho no se les entiende. Chicos son, ¿no? Pibes blanquitos, que comen todos los días y biri, biri, biri... se dejan la barba como el Fidel ése, ¿vio? Qué cosa el Fidel, ¿no? Cómo los cagó a los gringos... Acá tendrían que venir un Franco y un Fidel, pero argentinos, ¿no? Franco, Fidel, el paredón, un poco de orden, hay que pegar un par de rebencazos bien dados y cortar algunas cabezas, porque si no...

(El gendarme baja el tono de voz y señala con el dedo índice hacia arriba.)

—...si no tiene que llegar el avión. Pero puta que nunca llega. El avión negro, sí. El avión con el General. Venga, venga, acerquesé...

(El gendarme está en cuclillas, juega con una piedritas entre las manos y construye una lenta montañita de tierra seca.)

—¿Vio que está prohibido, no? Y más para un gendarme, imaginesé, me escucha mi comandante y me corta en tiritas... pero ¿sabe qué hago cuando tengo muchas ganas de gritar el nombre del coso y acá no puedo? Me voy caminando, despacito, hasta el borde del río Pescao, ahí al bordecito, donde aparece la selva, me meto bien adentro hasta que no se ve nada pero nada, eh, no se ve nada y grito: "¡Perooooooóón!"

—Voy y grito la palabra esa, ¿vio?, la palabra con pe: "¡Peroooooón!"

—No sabe cómo se levantan los pájaros en bandada, pero de afuera ni se escucha, la selva es como una campana, no sé, como un vidrio grueso. Y después me vuelvo, tranquilito, con la cola entre las patas, pa' las casas.

Acá no hace calor. Hace frío. El agua y la sangre frías se te pegan a la pierna fría. A la noche hace frío. Los cholos toman alcohol, toman nafta, mascan coca, igual hace frío. La noche acá te salta encima como un gato. No te das cuenta y llegó, silencio y frío, noche. El único calor es el de la brasa del cigarrillo que te calienta los dedos marrones que parecen raíces. Hay noches de paz en el frío, noches quietas, en las que los ojos te duelen de tanto mirar el cielo. Estoy en ningún lado. ¿Dónde estoy? Las estrellas mienten, éste no debe ser el sur. Estoy en el primer capítulo de una historia que nadie terminará de escribir. Letra barroca, capitular, llena de hojitas y dobleces. Soy una letra. La primera letra de la palabra que nadie va a escribir. Noche azul, y atrás de las estrellas hay más estrellas, y más atrás, donde después no hay nada. Estoy enamorado, pero no sé de quién. Estoy enamora-

do de demasiada gente, estoy enamorado de las perso-
nas, y de las personas que están detrás de las personas
y tambien de las de más atrás. Argentinito. Ar-gen-
ti-ni-to pretencioso, canchero sos, parado acá, dueño
de todo, mirá, vení, dejenló pasar al argentino, que
pase el che, con la mitad de la sonrisa alegre y mitad
triste, de vuelta estás, estoy, estoy en ningún lado. Ti-
rado acá, cerca del palacio al que nadie va a llegar,
tampoco yo, el argentino, che no llegás, che, tené cui-
dado con la trampa, ché pará, ché decidí, ché decíles
vos, decíles che, que se enteren los cholitos que en el
paraíso no hay que pagar entrada, que entrás sacán-
dote la noche de encima, sacudiendo el frío, siendo el
sol de una puta vez.

Córdoba, 16/12/64

Hermano Oscar:
    En un estado de emoción que fácilmente
podrás imaginar, al ver partir a otro de nosotros,
Alberto, te escribo unas escasas líneas, una forma
que tenemos de que se materialice esa comunica-
ción que es permanente en términos de trabajo, de
acción, de esfuerzos e inquietudes. Pero sé, y lo sabemos todos quienes a nuestro pesar tenemos que
permanecer aquí, que ninguna carta reemplaza el
quehacer concreto y por esa razón es que tratamos
de que ésa sea nuestra preocupación permanente,
y te aseguro que lo es.
    Conocemos perfectamente los sacrificios
que ustedes hacen allí y entonces, lo menos que

podemos hacer aquí es no perder un instante, cada uno en su puesto, en fortalecer aquello y desarrollar al máximo el trabajo en las ciudades, que es otra forma de darle seguridad a aquel glorioso grupo y de hacer caminar la Revolución. Alberto lleva las cosas que pediste, espero que todo ande bien y si necesitás cualquier cosa no tengas reparos, que nosotros haremos todo lo que esté a nuestro alcance para cumplir. Tu carta fue entregada y esperamos que Alberto pueda llevar la respuesta, en caso contrario será dentro de dos o tres días, por vía de otro compañero, ya estamos tomando las medidas para que este aspecto camine con mayor rapidez. La verdad es que la cantidad de cosas que hay que hacer es realmente impresionante. Sabemos por las noticias de los compañeros de tus hazañas por aquellos pagos y la rapidez de tu asimilación. ¡Bravo! No podía ser de otro modo y eso nos enorgullece y nos da fuerzas para seguir adelante nosotros también.

Sé que no es necesario pero te recomiendo la atención de Alberto, va muy bien y será un combatiente de hierro, vos ya sabés la firmeza que tiene. Termino porque el tiempo apremia, un abrazo grandote y a meterle duro, que la cosa va.

Ricardo

El hijo de mil putas quería que le pegáramos un tiro. Quería que le pegáramos un tiro. Mirada de vaca plácida, feliz, mirada que se relame antes de encontrarse con la Muerte. Hijo de puta. Se quería liberar, se quería ir de cualquier modo. La tropa no se puede sacar las dos muertes de encima. Casi no se hablan entre ellos y menos hablan cuando yo los miro, aunque sea de soslayo, las palabras se interrumpen, se detienen, se van. Pobres idiotas, creen que matar es difícil. El problema no es matar sino, después, vivir con eso.

Había que matarlo. No podía seguir. Nos iba a delatar.

Me repito esas tres frases como un padrenuestro incompleto en la última sentencia: ¿nos iba a delatar? ¿Ante quién? ¿Quiso hacerlo? Estamos solos, en el último confín del puto mundo, dando vueltas en círculo a una montaña, en medio de una selva en la que nada se ve, ¿cómo haría Nardo para delatarnos? Es como un puto juego de postas: cada uno sabe por qué llegó a la suya, pero desconoce el final del viaje. Segundo, que casi nunca pronuncia una palabra, habló sin parar antes de los dos fusilamientos. Habló del Che, de fusilar, de la Sierra, ante el silencioso asentimiento del Cubano, que había escuchado las mismas anécdotas unas trescientas veces. La muerte de Pupi fue espantosa. Pupi no se resignaba a morirse, y después del primer balazo seguía reptando en el piso como una lagartija a la que le acababan de cortar la cola. Hubo que pegarle otro tiro de 32, a muy corta distancia. Aquella noche hice la única pregunta que no había que hacer:

—¿Por qué nos iba a traicionar?

Hubo un silencio lo suficientemente largo como para que comenzara a pensar si no iba a ser yo el segundo fusilado. Un silencio largo, y seco. El Cubano murmuró alguna cosa y Segundo lo paró con un gesto. "Siempre —comenzó Segundo su soliloquio— siempre uno se pregunta si la víctima será lo suficientemente culpable como para merecer la muerte. ¿Y si todo fuera al revés? ¿Si ya no quedara tiempo para preguntarse nada y uno tenía razón? ¿Vos creés que estos hijos de puta se preguntan? —señaló a la nada, a lo alto, allá, afuera, al mundo—. ¿Que coño creés que se preguntan? ¡Ciento cinco campesinos traidores fusilaron el Che y Fidel en la Sierra! ¡Ciento cinco! Y ocho más se suicidaron bajo arresto, y tres más tuvieron lo suyo en México, por desertores. ¿Qué carajo creen que cambia? ¿Ciento cinco o ciento cuatro? ¿Ciento cinco o noventa y tres? ¡Dónde mierda están los inocentes! ¿Ustedes se creen que hay tiempo para preguntar? No hay tiempo para preguntar, ni para redimir, ni para escuchar excusas, ni para dudar. Chivatos, espías, informantes, cagones, o no, buenos guerrilleros que se cagan de miedo, que se paralizan, que dudan, que hablan de más. Y eso sin hablar de los indudables. Con los que no hay duda, simplemente hay que olerlos, olerlos, guiarse por la convicción. Sabemos que son todos unos asesinos, luego... proceder radicalmente es lo revolucionario. Pregúntenle al Che cómo dirigió la Comisión Depuradora en La Cabaña, se fusilaba todas las madrugadas, de lunes a viernes. Cuatrocientos, quinientos, no sé. Los necesarios. Eran todos agentes de la CIA, ¿qué importa la cifra? Nos hubieran matado de haber tenido la mínima oportunidad. Y la tuvieron. Y perdieron. Como perderían los débiles, los tímidos y los putos. Fidel dijo clarito: 'La Revolución no necesita peluqueros'. No hay mejores traidores que los mariquitas, sobreestiman el sexo, buscan solamente el placer, no tienen ningún espíritu de sacrificio. En el pueblo no hay hombres femeninos. En la Revolución no hay sitio para los apretables."

Yo ya no digo coger. Aunque sea, quiero "ver" coger.

El Gordo Groswald se convirtió en un gran estorbo. Bernardo era un ex empleado bancario cordobés, débil y excedido de peso, y entre la instrucción militar y el clima se terminó su resistencia nerviosa. Se negaba a cumplir con la disciplina militar, no se higienizaba, lloraba con frecuencia y se masturbaba varias veces por día. Entonces fue condenado a muerte.

Me escupo la mano y pongo cuidadosamente un poco de saliva en la cabeza de la pija. Después me concentro en alguna imagen y empiezo a mover la mano izquierda con lentitud. Siento el calor y un pequeño y placentero dolor a medida que mi piel se estira y la pija crece. No pienso en nadie en particular, sino en partes de mujeres que tuve o soñé. Las piernas se tensan, y también el torso. Es el único viaje que se me permite, y sólo en esos momentos me siento humano. Frente al calor que no tendré. Todo termina en un espasmo que, con violencia, me inclina en posición fetal. Siento mi propia esperma mojándome el vientre y ni siquiera atino a limpiarme. Cierro los ojos y respiro la noche.

Libro de campaña del capitán Hermes

"El día 29 quedamo en que yo saldría a las 0700 de la mañana yo salí a las 0700 pero II se habia retrasado y según el cordobes iban despacio porque en las primeras lomas se habian cansado de mareado y cuando tomaron el harrollo iban echo mierda y le dimos alcance. Entonces II formo un escandalo diciendome que si el asunto era de ber quien era mas fuerte o quien habia llegado primero podremos dejar la coluna y seguir porque ellos no venian arrastrandose y yo venia rebentando la gente yo le conteste que yo no lo sabia porque no venia con ellos y en esa discursion pasamos cinco minutos donde la discursion llego hasta un punto que dije que desde entonse las ordenes para mi iban a ser estrictamente militadas yo por mi parte le conteste que con mucho gusto las acectaria, tambien me habia dicho que el jefe tenia que estar ayudando a sus combatientes cosa mas tarde dijo refiriendose a nardo que fue el causante de la broma que cuando se quedara asi habia que dejarle y no darle mucha pelota porque sinó lo iba a seguir haciendo igual. (…) en ese campamento estuvimos hasta el dia 13 en que se ascendio a teniente al cordobes y a combatiente a alberto, enrique y henry y permaneci hasta el dia 20. el dia 18 se habia celebrado un juicio contra nardo en el que se le aplico la pena de muerte y el 29 fue ejecutado en el cual fui presidente del tribunal."

"…Que el día 18 de febrero en el campamento de La Toma se constituyó un tribunal militar de acuerdo al Reglamento de Justicia Militar n° 2 del EGP compuesto por Hermes como presidente, Jorge como vicepresidente primero, el declarante como vicepresidente segundo, Federico como fiscal y Marcos como defensor. Que el tribunal deliberó de horas veinte a veintitrés para juzgar al aspirante Nardo acusado de insubordinación, falta de moral revolucionaria y descuido con las armas y material militar. Que el Fiscal citó los artículos del Reglamento de Justicia Militar n° 1 en que estaba encuadrado y pidió la aplicación del reglamento. Que el defensor, como el reglamento expresa "hasta" la pena de muerte, pidió que se aplique una sanción menor. Que Jorge actuando como testigo habló de la insubordinación que había cometido Nardo y pidió que se aplicara la pena de muerte. Que la defensa insiste sobre el planteo. Que el acusado acepta los cargos. Que interviene el comandante Segundo y hace el planteo de Nardo desde que llega, narrando su falta de dedicación y las reincidencias en las faltas y que su conducta era un mal ejemplo para los demás. Que le hizo preguntas a Nardo sobre su comportamiento y las posibilidades que le habían dado para enmendarse reconociendo como verdad lo manifestado por Segundo y agregando que finalmente reconocía sus errores y esperaba morir con dignidad por ser justa la pena. Que con la intervención del comandante Segundo quedó prácticamente definida la muerte de Nardo. Que la medida acordada fue de fusilamiento, el que se hizo efectivo al otro día por la mañana por medio de un pelotón integrado por los guerrilleros César, Marcos y Diego, al mando del capitán Hermes. Que ignora dónde fue enterrado el cadáver pero estima debe ser a una media hora hacia el lado sur del campamento ya que los estampidos del fusilamiento fueron lejanos y apagados. Que para cumplir con la misión el pelotón llevó dos palas Lineman y cada uno su arma automática prevista, salvo Hermes que sólo llevo su pistola Luger."

"Importantes instrucciones para
el movimiento de represión a los
contrarrevolucionarios", de Mao Tse Tung

"Siempre que no nos equivoquemos en el ajus-
ticiamiento, no tendremos por qué temer el grite-
río que pueda levantar la burguesía."

Palabras del Che Guevara a la Asamblea
General de las Naciones Unidas

"Fusilamientos, sí. Hemos fusilado, fusilamos y seguiremos fusilando mientras sea necesario. Nuestra lucha es una lucha a muerte."

Guía para la instrucción básica de
aspirantes de EGP (en campaña)

"Día 1: Se explicará lo antes posible al aspirante el manejo del arma para que pueda disparar-
la y cargarla.

Día 2: Charla sobre los fines del EGP y su
primera misión en la Revolución.

Día 3: Breve exposición sobre la disciplina
en los ejércitos regulares y la disciplina en el EGP,
similar a la de los ejércitos guerrilleros en Cuba,

Argelia, etc. La necesidad de ser inflexibles con cierto tipo de delitos y la observancia de un Código de Honor.

Día 4: Nociones generales de tiro. Posiciones de tiro y tipos de respiración durante el disparo.

Día 5: Desarrollo de la guerra en la toma del Moncada. El desembarco del Granma. El Che y Camilo. Genial desarrollo de la guerra y su coincidencia con las prescripciones de Mao Tsé Tung. Táctica guerrillera del muerde y huye.

Día 6: Arme y desarme. Anécdotas de la guerra de Viet Nam y de Argelia.

Día 7: Comportamiento con la población civil. Cada guerrillero debe ser propagandista de la Revolución.

Día 8: Explosivos. Preparación de las cargas. Manipulación.

Día 9: El enemigo. Su composición, su técnica. Preferir el aniquilamiento completo de un pequeño número de enemigos a la destrucción parcial de una cantidad mayor.

Día 10: El combate. Día glorioso del guerrillero. Cómo romper contacto. Repliegue escalonado.

Día 11: La emboscada, la doble emboscada, la contraemboscada. Puestos de observación. Escuchas.

Día 12: Tiro en seco. Ejercicio de avance por terreno llano.

Día 13: Charla sobre las necesidades de que toda acción política, a partir del estallido de la Revolución, esté destinada al logro del triunfo militar. El triunfo militar a través del aniquilamiento del enemigo no es otra cosa que la marcha triunfal y poderosa de la Revolución económica y social."

—El plan, ¿me entendés? ¿Cuál es el plan? No hay ningún puto plan. Suponete nada más por un segundo que todos los kollas que laburan en el ingenio, a más de cien kilómetros de acá, y que jamás nos vieron leen la carta de Segundo, toman conciencia y nos apoyan. ¿Y entonces qué? ¿Qué hacemos con Orán, con Salta, con Jujuy, con Humahuaca, con Cafayate, con Tartagal, con Tilcara?

Somos treinta y siete tipos. ¿Los que faltan van a bajar de un plato volador? Y eso que no te pregunto qué mierda hacemos con Córdoba, con Santa Fe, con Buenos Aires. No pongas esa cara de boludo cuando te hablo. Te digo en serio. ¿Qué plan? Ponele que le metemos revolucionol 20 miligramos en el agua a todos los de Orán y se convierten de inmediato. ¿Cuánta gente hay en Orán? ¿Cómo los armaríamos? ¿Contra quién pelearían? ¿El ejército, la gendarmería, la marina, la fuerza aérea, la policía?

Ya sé, soy contrarrevolucionario. Soy una mierda. No sé qué carajo me ando preguntando. Todo va a andar bien. Segundo sabe. Y si no sabe Segundo, sabe el Primero.

No saben lo que son, no saben lo que quieren, no saben cómo lograrlo. Son una manga de ne-

nes de mamá y papá, débiles, enfermos y suaveci-
tos. Todo sería distinto de haber traído hombres. El
Cubano los mira como si fueran parte de un expe-
rimento científico. Yo ya ni los miro. Todo el tiem-
po quieren estar vivos, no entienden que ya están
muertos. Lo dijo el Che: ya estamos muertos. Pero
no lo entienden. Creen que, por algún motivo, van
a sobrevivir. Nadie sobrevivirá. La manera de so-
brevivir es vencer, y la mejor manera de vencer es
disponerse a morir. Vivimos tiempo de descuento.
No lo entienden. Hay momentos en los que sueño
con adelantarme e ir yo solo a enfrentar a las pa-
trullas. Siento realmente que el hecho de que al-
guien me acompañe no hace demasiada diferencia.
Puedo enfrentarlas solo. Y si no pudiera, nadie
puede matarme dos veces.

Ya habían muerto Marcos, César... y Diego estaba muy mal. Subimos por una grieta y llegando casi a la punta Antonio se cae y yo no lo
pude alcanzar. Cayó en caída libre... Había llo-
viznado, estaba todo resbaloso. Alcancé a aga-
rrarlo de la correa de la mochila, pero se me es-
capó. No teníamos fuerza, por el hambre terrible
que pasábamos. Antonio cayó unos treinta metros y yo caigo hacia el lado opuesto, y entro en
una corriente de agua que me chupa... ¿Sabés como se llamaba el lugar donde caí? Cada vez que
pasábamos le decíamos "la playita de la muerte".
Unos días antes yo le había dicho a Hermes, mirando desde arriba: "Mirá... tan bello y sin em-

bargo es el lugar de la muerte". No sé cuánto tiempo estuve debajo del agua, pero no era un momento angustiante, al contrario, era una sensación de no peso, nada pesaba, ni mi cuerpo, ni las piernas, ni los sentimientos, ni los pensamientos... nada pesaba, era como un estado de placer puro, un estado puro, sin tiempo ni espacio y es obvio que no respiraba pero si ahora lo recuerdo yo te diría que sí, que respiraba debajo del agua, y que aparecí bastante más abajo, en paz, hasta que Alberto me sacó de ahí. Vuelvo al campamento y lo encuentro a Antonio muriéndose, que me dice: "Bueno, de todas maneras de acá salimos ganando o salimos con los pies para adelante así que... no te hagás problemas, de todas formas vamos a ganar". A Antonio le faltaban vértebras, por lo menos la quinta vértebra no estaba. Agonizó unas cuatro horas y como no teníamos morfina le metí una caja entera de supositorios Dolex. Tenía todo el cuerpo fracturado... estuvo cuatro horas con crisis convulsivas y estuvimos hablando hasta que se murió. Después me junté con Jorge y con Alberto, y Dieguito se estaba muriendo. Lo enterramos y la verdad que yo no estaba en condiciones de volver a subir la montaña, estaba muy mal: tenía un edema de hambre, había perdido mucha masa muscular y se me había hecho un colapso en el intestino. Ya llevábamos treinta días sin comer, y caminando sin parar. Yo ya no podía caminar. Entonces decidimos bajar a ver si encontrábamos a la otra gente y en la bajada, después de tanto tiempo, aparece un bicho en el río y yo le pego en la columna, no sabíamos qué bicho era. Creo que era un anta, una especie de paquidermo con el cuero muy grueso. Lo arrastramos como pudimos y lo cueré con un cortaplumas de ésos que tienen de todo, destornillador, tijerita. Primero nos comimos las vísceras, el hígado, los riñones, y después improvisamos una parrilla con palos.

¿En qué momento se silenciaron los ruidos? Cuando me di cuenta y miré hacia atrás, sólo monte y quietud. Giré en círculo y nada. Estaba perdido, y no había ni rastros de mi columna. Contuve el grito: los gendarmes podían escucharlo, y comencé a caminar agazapado entre los arbustos. Caminé solo durante una eternidad, hasta que un ruido tensó mi cuerpo. Me quedé inmóvil, y en cuclillas. Adelante, a mi izquierda, el ruido se repitió. Era como el crujir de una madera seca, vencida ante unos pasos que se me acercaban. Seguí en posición casi fetal, congelado, con la vista sobre una hoja de palma caída en el piso. Martillé muy despacio la pistola y un mínimo cliqueo metálico me traicionó.

—¡Alto ahí! ¡Quién vive! —gritó una voz.

Me incorporé despacio y con mi Browning preparada.

Era un chico cobrizo, nervioso, con uniforme de gendarme desaliñado, encañonándome con su fusil. El chico estaba tan nervioso que pensé que su arma podía dispararse sola.

—¡Bajá la pistola! —me ordenó.

—Bajá vos la escopeta —contesté.

Se esperaba cualquier respuesta menos esa. No sabía qué hacer, y su dedo índice seguía tem-

blando en el gatillo. De haber estado a cien o doscientos metros habría disparado sin dudar. Pero a
un par de metros se volvía una persona. Estaba ahí,
frente a mí, podía ver el sudor corriéndole por la
cara, los ojos inyectados, el hálito de miedo que le
salía por la boca. Al estar cerca, aunque suene ab-
surdo, lo conocía, y matarlo se volvía más difícil.
Su dedo le jugó una trampa, y el chico disparó. Yo
escuché el ruido del gatillo y luego nada. El chico
miró el fusil, lo sacudió como si fuera una botella
y volvió a apuntarme. La bala no había salido. Disparó otra vez, y nada. El arma estaba trabada, y du-
do que hubiera funcionado alguna vez. Yo largué
una carcajada, y el chico se puso blanco, soltó el
fusil y salió corriendo en la dirección contraria. En
un segundo el monte se lo había comido. Ninguno de los dos, jamás, lo debe haber contado.

"Comparece ante la instrucción el Sargento Ayudante Herminio Lorenzo dal Molin, argentino de treinta y nueve años de edad, de estado civil casado, con situación de revista en el
Escuadrón 20 Orán de Gendarmería Nacional:
(…) que el día primero del corriente a horas 17,
juntamente con el gendarme Belisario López, ambos vestidos de civil, se trasladaron hasta la loca-
lidad de Colonia Santa Rosa de este departamento y provincia, a los fines de investigar en aspecto
informativo sobre la presencia en el lugar, paraje
La Toma, de personas extrañas y sospechosas. Que
en su misión entró en contacto con varias perso-

nas que van a cazar y pescar a las márgenes del río
Colorado, entre ellos los hermanos José y Antonio Ortiz García y Pedro Castaño. Que averiguó
que en la zona montosa de río Colorado próxima
a La Toma existían personas extrañas desde un
mes aproximadamente atrás, sin haberlos podido
identificar la gente de Santa Rosa, por cuanto se
internaban en el monte al ser avistados. Que Castaño logró hablar con dos de ellos que estaban armados con armas automáticas, vestidos iguales,
con idénticos botines y con el pelo y barba crecida. Que al parecer eran abastecidos por una camioneta tipo furgón que venía dos veces hasta el
punto terminal del camino La Toma, dejaba la
carga entre el monte y se retiraba de inmediato...
Que a horas 02 del día 4 se trasladó en un camión
de la Unidad con su personal hasta el puesto de
Agas, donde entró en contacto con el baqueano
Castaño y esperó la llegada de la camioneta de
abastecimiento para su aprehensión... Como no
hubo novedad, avanzaron con el vehículo hasta la
llamada Toma Nueva, y de allí se internaron en el
bosque que es alto y enmarañado, por una senda
cerrada, al parecer una vieja picada de la Standard,
cubierta de talas guiadoras, sacha rosa, verdenasa,
enredaderas y yuyos, en columna de a uno y tomando las seguridades necesarias del caso."

—Mirá, mirá... Mirales los timbo... Los
guerrilla andaban con zapatillas Boxer. Y tenían
armas automáticas y nosotros teníamos un fusil

Mauser de 1904, que cada tanto se trababa. No sabés lo que eran los uniformes... Y las mochilas, tenían mochila buena, resistente, parecidas a las de los aviadores. Nosotro andabamo' con una bolsa de arpillera con las cosas y ellos... Bueno, a veces te daba lástima verlos porque estaban hechos mierda, pero las Boxer te daban una envidia...

Ya se dieron cuenta. Ya se dieron cuenta y nos están llevando al matadero. La concha de la madre puta, se dieron cuenta. ¿Cómo carajo se dieron cuenta? Alguna boludez que dije, no sé por qué no me callo la boca. Ariel no me miraba así. Cuando nos vimos en la estación Retiro sus ojos parecían menos enojados, o cansados, no sé. Ahora me miró y largó una risita de compromiso. Algo sabe. Se dio cuenta. Alfredo, mi compañero, no puede con la mochila. Diego, uno de los guerrilleros que nos está llevando al campamento, lo hostiga desde que salimos. Dale, blando, maraca, caminá, putito, dale. ¿Te pensás que viniste al Italpar?

—¿Y a vos porqué te dicen Pedicuro, Pedicuro?

—Porque soy.

—¿Sos qué?

—Soy pedicuro, hermano.

¿Por qué me lo pregunta? Es obvio que se dio cuenta.

—Diego... —le digo.

—Qué...

—Que parés de dar manija,viejo...

—¡Uy! ¿Escucharon? ¿Vieron cómo vienen los nuevos? Recién llegan y ya te hablan como el Che Guevara...

Diego se acomodó la correa de la ametralladora y el Pedicuro, instintivamente, llevó la mano a la culata de su pistola. "Estos turros saben todo", volvió a pensar.

—Acá hay órdenes que cumplir, hay horarios que cumplir, hay...

De pronto el Pedicuro sacó un revólver y disparó contra la pierna derecha de Diego, sin darle tiempo a usar la pistola ametralladora. De un manotón le quitó la metra y apuntó al grupo:

—Somos oficiales de inteligencia de la Federal —les dijo—. Y están copados.

Mientras dos guerrilleros se ocupaban de curar la pierna de Diego, el Pedicuro y Alfredo desarmaron al resto y comenzaron a caminar hacia la base del cerro.

—Una pareja de militantes comunistas de una célula de La Matanza buscaba integrarse. Los muchachos de Rafael, responsable de reclutamiento, enfriaban el contacto porque la orden era no relacionarse orgánicamente ni chuparle gente al PC. Uno de los postulantes se presentaba a sí mismo como un regalo del cielo: era pedicuro. Afortunadamente, la compartimentación era absoluta y las citas, siempre callejeras. Nunca conocieron ni un nombre ni una casa. Finalmente, la tentación del pedicuro propio se impuso: se les comunicó que subirían a corto plazo. Y partieron. No sabíamos entonces que estaba ocurriendo una notable coincidencia: tanto el PC argentino como Coordinación Federal habían decidido infiltrarnos. Lo más notable de la coincidencia es que usaban las mismas personas.

"...cuando sorpresivamente se encontraron con dos desconocidos con barba larga, armados y con uniforme de guerrillero tipo Fidel Castro. Que la patrulla aventajando la reacción de los individuos logró encañonarlos con sus armas y detenerlos y desarmarlos sin darles tiempo a ningún movimiento. Interrogados manifestaron llamarse uno Raúl Davila, el que portaba una carabina automática de treinta milímetros con su correspondiente cargador y munición y el otro una pistola automática belga de nueve milímetros, una granada de mano tipo "piña", una mochila, manifestando llamarse Lázaro Peña. Que este último en la manga izquierda de la camisa tenía un distintivo consistente en un sol negro y rojo de veinticuatro puntas, como si fuera una insignia jerárquica. Que ambos se negaron a suministrar datos que justificaran su presencia en el lugar, cerrándose en manifestar que se encontraban cazando y las armas y las ropas de uniforme que tenían las habían encontrado, que no tenían campamento y se hallaban solos en el monte... (…) Que llevó a los detenidos hasta la Toma Vieja y cargándolos en el camión avanzó de nuevo hasta la Toma Nueva y dejó a los detenidos a cargo del sargento ayudante Carrera y el sargento primero Daniel. Que juntamente con el gendarme López se internó de nuevo en el monte por la misma senda para tomar contacto con Zendron y al avanzar escasos cien metros escucharon ruidos de dos personas que al parecer se escondían. Que perseguidos y dada la voz de alto constataron que se trataba de dos guerrilleros más, igualmente vestidos y calzados, identificados como Eduardo Fernández y Alfredo Campos, quienes aclararán su situación en expediente que corre aparte bajo el sello de Reservado."

—Belisario López, gendarme; yo tenía diecinueve meses de incorporado. Ya conocía la Colonia Santa Rosa, había trabajado ahí. La gente del lugar nos decía que había visto gente con barba, con uniformes, y todos dejaban la misma huella. Hay uno chiquito, nos decían, el otro alto. Todos andaban con las zapatillas Bull Dog, que eran mucho mejores que los borceguíes, usté se moja y se secan más rápido. Los primeros cuatro guerrilleros que encontramos tenían ropa que los gendarmes empezamos a usar diez años después. Un distintivo rojinegro en una boina bien bonita, cinto e'cuero... Nosotros estábamos en alpargatas. El FAL, por ejemplo, la gendarmería ni lo conocía. Yo sí, porque había estado en el Ejército haciendo la colimba. Los gendarmes miraban el FAL como un arma... qué sé yo... Yo tenía un fusil cortito, el de Caballería, modelo 1909, y no lo llevaba cargado porque a veces se disparaba solo. No íbamos preparados a matar ni nada. El arma que teníamos nosotros era la pistola ametralladora Halcón que pesa como cien kilos. Después agarramos a otros dos, y uno de ellos gatilló la PAN y se le cayó el cargador.

"¡No disparen! ¡Somos de Coordinación Federal!", empezó a gritar.

"¡No me tiren! ¡No me tiren!", gritaba el otro.

Yo les apuntaba con la escopeta de 1909, descargada.

Cuando llegamos al campamento, estaba vacío. Estaba la bandera original nuestra, pero tapada con un sol rojinegro. Había cigarrillos buenos, buenos... Importados... Nosotros no lo podíamos creer... Nosotros no teníamos viáticos, no teníamos comida. Cada patrulla que salía, lo mínimo eran diez días, y teníamos que llevar nosotros la comida: la pagábamos de la proveeduría del escuadrón y después nos la descontaban por planilla.

(…) Cuando lo capturamos a Oscar del Hoyo pasó algo gracioso: se quiso escapar y otro gendarme le pegó de atrás una patada.

"¡Eh, me pegó en el ojo!", se quejó del Hoyo.

"Otra que en el ojo, en el ojete, el ojete te viá romper...", le dijo el gendarme.

Y el pobre tipo metió la mano en el bolsillo y sacó un paquetito: tenía el ojo de vidrio envuelto ahí.

Nómina parcial del armamento, material
y elementos secuestrados el día 4 de marzo
de 1964

Pistola ametralladora marca Thompson, cal. 11,25 1
Cargador para idem 1
Cartuchos para idem 22
Pistola ametralladora marca Guide, tipo Pan 1
Cargador para idem 1
Cartuchos para idem 26
Carabina automática US cal. 30 1
Cargador corto para idem 1
Cartuchos para idem 10
Pistola automática Browning ca.l 9 mm 1
Cargadores para idem 3
Cartuchos para idem 27
Revólver marca Tauro cal. 38 largo 1
Cartuchos para idem 12
Vaina para idem 1
Granada de mano tipo Piña 2
Reloj marca Hamilton 1
Reloj marca Rolex 1
Bolígrafo Parker 1
Jabones de tocador 13
Latas de leche condensada Nestlé 27
Latas de caballa en aceite 8
Corned-beef 15

La primera acción programada por el EGP iba a llevarse a cabo el 18 de marzo de 1964, el día en que se cumplían dos años del derrocamiento de Frondizi por los militares. Iban a tomar el pueblo de Yuto, en la provincia de Jujuy. El Che envió una nota en la que decía: "Espero ansioso el comienzo de las operaciones".

Para hacer la Revolución hay que estar enamorado. No podés andar por ahí viéndoles defectos a todos, a todo. La Revolución es posible porque el amor es posible. Hay que estar enamorado de la sociedad. No es difícil enamorarse de los que piden, de los que dan lástima, o vergüenza ajena. La Revolución es urgente y necesaria, y va a cambiarnos a todos, a todo.

Revolucionados, seremos otros, habremos sepultado a los que fuimos. Me enamoro, hoy, de lo que pasará mañana. Tengo melancolía del futuro. Del oxidado egoísmo del hombre viejo nacerá el Nuevo, al que amo sin haber visto jamás. Curioso amor
Éste
Que no necesita de la realidad
Aunque

¿Cuándo
El amor
Necesitó de la realidad?

Allá en la toma de agua hay una luz. Eso significa que alguien espera.

El Cubano y yo apuramos el paso hasta el Bananal, para llegar antes de la caída de la noche. Si los pájaros y las señales no mentían, los gendarmes caminaban aguas arriba del Río Piedras, siguiendo el rastro de Segundo hasta el campamento grande. Escapábamos del final, con el corazón saltando en la boca y sin despegar el dedo del gatillo: en el Bananal podríamos encontrar a Ruiz, el tractorista que nos proveyó de alimentos la última vez. O a Cabana, en el peor de los casos, que tenía una mula. Llegamos pasadas las siete de la tarde y al vernos, la señora del capataz lanzó una especie de aullido mezclado con una oración:
—¡Que Dios nos libre, virgencita!
Estábamos sucios, y demacrados, y parecíamos dos muertos en vida. El Cubano tuvo fuerza para dar un par de gritos y encañonarlos con su carabina. No hacía falta amedrentarlos, pero no hubo caso.
—A la mañana, arriba, murió un gendarme y pudimos herir a otro —les dijo, automático, como en una confesión—. Y lo mismo les va

a pasar a los que nos vengan a buscar. Escarbó en sus bolsillos y le dio cinco mil pesos para que fueran a buscar comida. Reynaldo volvería con el tractor y el pedido a las nueve a más tardar. Íbamos a esperar en el monte hasta esa hora. Volvimos después de dar interminables vueltas en círculo, por el lado del monte sur, a través de un extenso terreno recién desmontado. Vázquez, el capataz, nos ofreció un plato caliente después de anunciarnos que Reynaldo se había retrasado. Vi en sus ojos que nos había traicionado, pero no hice nada. Me desplomé sobre un cajón que hacía las veces de silla destartalada. Tenía hambre, y cansancio. El Cubano daba vueltas por el galpón como un tigre encerrado.

—¡Sentate en algun lado, querés!

Los movimientos del capataz y de su mujer eran lentos y estudiados: la cuchara giraba en el potaje espeso y la mujer, levemente crispada, deshacía en mil pedazos un trozo de pan.

—Ya vendrá —dijo el capataz, por decir algo.

—Sí, claro —respondí, mientras calculaba el movimiento que me permitiría protegerme entre el calentador y la pared, sacándome de la línea de fuego.

Supe por el silencio que habían llegado. La mirada del capataz se sacudió el sopor del caldo y en un segundo me resguardé tras la cocina. El Cubano miró, desconcertado, empuñó la carabina y empezó a disparar a las sombras.

—¡Alto! ¡Gendarmería! — alcancé a escuchar y después la escena se quedó sin ruidos: vi caerse al capataz, bajo nuestro propio fuego, y también vi a un gendarme agarrándose la pierna con desesperación, y al darme vuelta otra vez, el Cubano ya no estaba. Salí del galpón y vi correr su sombra hacia el desmonte, donde todavía ardían algunos restos de la selva muerta. La sombra del Cubano pegaba grandes saltos en el aire y cada tanto quedaba expuesta, iluminada por el fuego. Después aparecía el gendarme, corriendo detrás, y luego nada. La figura del gendarme caminó agazapada frente al fuego, apuntó y pude escuchar el ruido del percutor que se trababa. Un ruido metálico, oxidado, parecido a un abrelatas. El Cubano se dio vuelta de inmediato y le apuntó. Pero el gendarme probó otra vez y le disparó, certero, en el pecho. Cuando la ola de fuego volvió a iluminar la escena sólo había una sombra: la del gendarme, casi en cuclillas, con respiración de perro y sin poder dar un paso más.

A mis espaldas gritaron otros milicos dando la voz de alto, dejé que la pistola cayera de mi mano y esperé que el fuego nos volviera a iluminar.

—En la cárcel nos torturaron bárbaramente, no de manera científica. Fue brutal. Culatazos en la cabeza, patadas, muy cruel... No murió ninguno de casualidad. Nos tenían aislados en unas habitaciones que estaban en la parte de adelante de la guardia y por ahí, cuando te llevaban, te decían: "Dale, agarrá el fusil y fugate...". Algunos eran muy nazis, pero otros eran buenos tipos.

Hay un momento, en la tortura, en el que el alma se separa del cuerpo. El cuerpo está ahí, breve, mancillado, débil, y el alma lo observa desde el escalón más alto de la angustia. Hay un lugar después del dolor: ese lugar es sordo, y el pensamiento funciona tan aceitado como durante la vigilia: tengo un clavo en la mano, pero ya no es la mano lo que me duele, es el clavo, la imagen del clavo en el sitio equivocado, el clavo en el mundo patas para arriba, el frío seco quema, el fuego enfría, todo borde se transforma en línea recta, la tortura adormece, deseo fatal de entrar a la muerte, de quedarse allí, protegido por el hueco frío de la muerte,
  Todo
  Siempre
  Puede ser peor,
lo es, cada vez peor, hasta que es el alma la que finalmente duele y cuando eso finalmente pasa, poco importa si hablar o no, uno ya no es persona, y los actos que realiza no son actos. El cuerpo, en la tortura, es un accidente menor: la puerta de entrada directa al alma. Lo que más sufre es lo que no se ve.

General Alsogaray. Julio Argentino Alsogaray. El General Julio Argentino Alsogaray entró a la habitación preguntándome qué cigarrillos fumo.

—¿Qué cigarrillos fuma? —me preguntó el Comandante en Jefe de las Fuerzas Armadas.

—Máximos —le dije, era una marca que sólo se vendía en el Norte.

Se sonrió sin ganas.

—Cómo vas a fumar esa porquería...

—Y, sí... ésos son los que fumo.

El General me miró a los ojos y recién en ese momento pareció darse cuenta de que estaba desnudo, y esposado.

—¡Libereló y búsquele ya mismo ropa al prisionero! —le ordenó a un cabo que vigilaba la salida.

—¡Ah, y que alguien traiga un atado de Particulares! —agregó cuando el cabo salía disparado hacia afuera.

En seguida volvió el cabo con un suéter medio descosido y un pantalón de campaña. Mientras hacía equilibrio poniéndome el pantalón, el General tiró el atado de Particulares al centro de la mesa.

—No, no. No hace falta. Con uno o dos cigarrilos yo me arreglo. A menos que nos den a todos un atado.

El General frunció el ceño e hizo como si no me hubiera escuchado.

—¿Qué quiere tomar? —me preguntó—. ¿Whisky o coñac?

En ese momento pensé que me iban a fusilar.

La mano izquierda del General puso entre las mías una copa caliente de coñac y el estómago se me hizo un nudo. Yo estaba azul, y tembloroso, llevábamos varios días comiendo cabeza de vaca podrida, pan viejo y sopa llena de gorgojos.

—¿Cómo estás? —me preguntó el General.
No dije nada.

—Relajate, porque no me interesa saber nada de las operaciones. Eso es lo que menos me interesa.

—¿Sabe qué pasa, Jouvé? —dijo el General mientras miraba por la ventana—. Usted tiene un perfil muy parecido al de mis hijos. Hablamos con sus profesores y nos dicen que usted era muy buen alumno, buena persona, bah... y que terminó el secundario a los dieciséis años, con buenas notas.

El General daba lentas vueltas en círculo mientras me hablaba, lentos pasos largos como los de un tigre dentro de la jaula.

—Y también fuimos a la Universidad —siguió— y ahí averiguamos que usted hizo una carrera impresionante, hasta que de golpe paró cuando lo convocaron al servicio militar. También nos dijeron que su papá era un tipo honesto, laburante, muy estimado en el pueblo. Y no me diga que este quilombo en el que se metió es porque su mamá lava ropa para afuera.

—No, no es por eso —le dije.

—Bueno, a mí me interesa saber por qué usted entró a la guerrilla, porque mi hijo se parece mucho a usted.

—Mire, acá nos hablan de democracia, todos se llenan la boca, pero el presidente ganó con la proscripción de la mayoría. Entonces, ¿de qué democracia me hablan? En la escuela misma nos enseñan eso, nos hablan de justicia, de libertad, y después se vienen los fusilamientos de José León Suarez, ¿y usted qué quiere que piense?

El General me escuchó durante diez minutos sin interrumpir.

—¿Y usted qué cree que puedo hacer con mi hijo? —preguntó.

—Y, mire, no lo mande a la escuela o prohíba que los maestros le enseñen Instrucción Cívica, porque si es una persona decente y estudia eso, no se va a quedar sin hacer nada.

El hijo del General Alsogaray, guerrillero del ERP, fue asesinado algunos años después en Tucumán.

La cara del cholito vuelve, redonda, ojos chinitos, miedo. Por qué carajo éste vuelve y los demás no están, ninguno está, no tenían cara los monos de Batista, ni ojos más negros. No volvieron nunca, pero el cholito sí. Miedo tenía el cholito, y se meó. Yo me reí, pero hubiera querido llorar. Y disparé.

El cholito se cayó redondo, desarmado como un muñeco sin relleno, un vómito colorado se le subió hasta la boca y me quedé mirando. Cholito pelotudo hacerte matar así. Por qué mierda me hacés que te venga a matar. Te estoy matando por vos, pelotudo, entendés. No mirés para abajo y limpiate la porquería esa que te sale por la boca.

Los monos de Batista no, los gringos de la CIA, menos que no, los negros de Angola, los negros casi azules de Angola no, ninguno, no. Y éste por qué.

Miro su cara tratando de advertir si la muerte se nota en los ojos. No, no se nota.

Carta del Comandante Segundo, Jorge Ricardo Masetti, para entregar a sus hijos Jorgito y María Graciela, "cuando nuestro trabajo trascienda"

Hijos míos:
Vuestro padre ha peleado duro siempre por principios revolucionarios. Ahora está peleando también duro, una batalla definitiva. No puedo darles más detalles. Sólo quiero que sepan que en cada batalla, en cada combate armaré mi brazo con más fuerza al saber que ustedes me estarán juzgando, ustedes y vuestra hermanita Laurita, a la que deben querer con toda el alma. Los tres son mis hijos, a los tres los quiero igual. Cuiden de ella, que es la más pequeñita y no dejen que nada los separe. Con todo mi amor,

Papá

Jorge Masetti hijo fue criado en La Habana por el Comandante Miguel Piñeiro, "Barba Roja", y fue yerno del coronel Patricio de la Guardia, uno de los jefes del Departamento de Moneda Convertible, acusado de maniobras de narcotráfico y lavado de dinero y condenado a muerte por Castro. Arnaldo Ochoa, Tony de la Guardia, Jorge Martínez Valdés y Amado Bruno Padrón Trujillo fueron fusilados al amanecer del 13 de junio de 1989. La "contra" cubana en Miami insistió entonces en que las maniobras de lavado estaban avaladas por el propio Castro y su ministro del Interior, José Abrantes, aunque nada de esto pudo ser probado de manera fehaciente. Para la prensa europea los fusilamientos del caso Ochoa fueron un ejemplo de "estalinismo tardío". Patricio de la Guardia, suegro de Masetti y hermano de Tony, fue condenado a treinta años de prisión, y al año siguiente Masetti hijo, que se desempeñaba en el área de inteligencia del Departamento América del PC Cubano, se exilió en Europa con su esposa Ileana. Escribió en su libro *El furor y el delirio. Itinerario de un hijo de la Revolución Cubana*: "Cuando observo la que fue mi vida, la de Patricio y la de tantos otros, caigo en la cuenta de que la revolución ha sido un pretexto para cometer las peores atrocidades quitándoles todo vestigio de culpabilidad. Nos escudábamos en la meta de la búsqueda de hacer el bien a la humanidad, meta que era una falacia, porque lo que contaba era la belleza estética de la acción. Éramos jóvenes irresponsables, aventureros, éramos una casta aparte, incluso aparte de los revolucionarios que operaban localmente en sus países, militantes que se vieron obligados a adoptar la lucha armada no como un hecho estético, sino obligados por las circunstancias políticas. (…) Hoy puedo afirmar que por suerte no obtuvimos la victoria, porque de haber sido así, teniendo en cuenta nuestra formación y el grado de dependencia con Cuba, hubiéramos ahogado el continente en una barbarie generalizada primero, hubiéramos fusilado a los militares, después a los opositores y luego a los compañeros que se opusieran a nuestro autoritarismo, y soy conciente de que yo hubiera actuado de esa forma".

El norte
el sur
el paraíso
siempre están allá
allá adelante
donde casi no pueden verse.
Bordes del futuro
contornos
allá
más allá
línea recta
final del túnel
otro lado
del puente
río arriba
valle.
Llegar allá
empezar allá
nacer allá.
Transformar el círculo en cruz
largo camino hacia la cuna
viaje a la sed
vida sin fin.

El Che juega con las negras.

1. Nf3 d5

2. e3 e6

El escritorio está cruzado por pilas de papeles oficiales, algunas fotos que hacen equilibrio en un marco gastado, termo y mate, cigarrillos y colillas, una caja de fósforos vacía y algunas lapiceras en estado incierto.

3. d4 Nf6

4. Bd3 g6

El escritorio está en un ministerio, y el ministerio está en una ciudad donde se revoluciona. No hay un sentido, y cuando lo hay no es unívoco: la revolución corcovea, avanza, retrocede, cree que avanza o cree que retrocede mientras vuelve a avanzar, se reformula y atrasa, la cruzan miles de presiones, miles de opiniones cruzadas, interesadas, parciales, metiéndole palos en la rueda: los soviéticos tutelan, los chinos espían, los argelinos piden armas y los latinoamericanos dinero, los yanquis se agazapan para dar el salto y los cubanos dudan, temen o se envalentonan.

5. O-O Bg7

6. b3 O-O

Quienes revolucionan son personas: saldan viejas cuentas, envidian, traban carreras ajenas, aman con desesperación, fusilan con escrupuloso interés, quieren mirar la Historia cara a cara, sueñan con grandeza y se despiertan pensando en pequeños detalles miserables.

7. Bb2 b6

8. Nbd2 Na6

Me pregunto sobre mí mismo en tercera persona. Me pregunto: ¿qué haría el Che? El Che juega con las piezas negras.

9. Ba3 c5

10. Ne5 Qc7

Juego en una partida simultánea contra cien adversarios a la vez, y uno de ellos es mi espejo.

Querría, al menos, poder verlos a todos. Pero no. Mueven cuando no estoy, especulan mientras me duermo, nunca descansan.

11. Rc1 Nd7

12. f4 Nb4

Los papeles son letales, la selva no. En la selva hay noche, y tierra mojada, y olor a perro, pero en algún momento hay paz. En los escritorios vivo bajo luz de tubos fluorescentes, que iluminan temblando, y hay teléfonos que no paran de sonar.

13. Bxb4 Cxb4

14. e4 Qc3

Vengan a ver al Che Guevara, a los setenta años, homenajeado en el Malecón de La Habana, lleno de hijos legítimos y del combate, padre de la Economía Cubana, abuelo de la vaca lechera campeona, bisabuelo de los niños pioneros con su pañuelo rojo al cuello y la impostada emoción en la voz. ¡Aquí está el Che, monumento muerto de la Revolución Cubana!

15. Ndf3 dxe4

16. Bxc4 Qe3+

La palabra no es salir: es escapar.

17. Kh1 Qxe4
18. Ng5 Qd5
Los papeles matan sin dejar rastros.
19. c4 bxc3
20. Rxc3
La selva no: en la selva, siempre, sobrevive el sueño.
21. Ngf3 Rac8
22. Rd3 Ba6 0-1
Ganan las negras.

El cuerpo del comandante Segundo nunca fue encontrado.

Nota

En mayo de 1963, Jorge Ricardo Masetti, el "Comandante Segundo", se estableció en el norte argentino para lanzar allí una guerrilla rural bajo inspiración directa del Che Guevara, a quien conoció en la Sierra Maestra entrevistándolo como periodista de Radio El Mundo. Formaban parte del grupo algunos cubanos del entorno personal del Che (Hermes Peña, por ejemplo), ex miembros argentinos de la Federación Juvenil Comunista y militantes independientes. El grupo, instalado en la selva de los Yungas, se presentó como el Ejército Guerrillero del Pueblo (EGP). Nunca llegó a entrar en combate, pero tuvo dos muertos: "Pupi" Rotblat, quien, en medio de varias crisis asmáticas, no pudo soportar el entrenamiento militar; Rotblat quiso regresar pero el grupo sospechó que se escaparía, comprometiendo su posición, por lo que fue condenado a muerte y fusilado. Bernardo Groswald, ex empleado bancario cordobés sufrió una crisis nerviosa y se negaba a cumplir con la disciplina militar, no se higienizaba, lloraba con frecuencia y se masturbaba varias veces al día. También fue condenado a muerte.

La Gendarmería localizó al EGP en la zona por denuncias de los propios campesinos, y pudo reducirlos sin mayores inconvenientes. Fueron detenidos catorce guerrilleros, entre otros Hector Jouvé, Federico Méndez y Henry Lerner, que sufrieron todo tipo de torturas anteriores al proceso judicial, donde se los condenó a cadena perpetua. Algunos de los nombres de los protagonistas de esta historia han sido cambiados.

En junio de 2000, Gabriel Rot, codirector de la revista *Lucha armada en la Argentina*, publicó un exhaustivo trabajo sobre el EGP titulado *Los orígenes de la guerrilla en la Argentina* (Ediciones El cielo por asalto). En octubre y noviembre de 2004, la revista cordobesa *La Intemperie* publicó una extensa entrevista en la que Jouvé relata cómo fueron las ejecuciones de Rotblat y Groswald. El lúcido y descarnado testimonio de Jouvé desencadenó un debate que aún no cierra: el filósofo Oscar del Barco se declaró luego responsable de esas muertes por el hecho de haber apoyado al EGP. "No hay causas ni ideales que puedan eximirnos de culpa", escribió. Otras revistas como *Conjetural*, *Veintitrés* y *Ñ* sirvieron también de caja de resonancia del destino de aquella primera experiencia guevarista.

Este libro se terminó de imprimir
en el mes de marzo de 2007
en los Talleres de Pressur Corporation S.A.,
Colonia Suiza,
República Oriental del Uruguay.